初上華燈

小心事——著

目次
CONTENTS

序章

恨的起始是因為太愛了……

無法安心離開的「他」，只想好好守護「自己」，

卻因此處處與長大後看似軟弱的「自己」作對。

然而，

他，是如此盡責在保護你不再受傷。

他，比誰都想好好愛著你，比誰都替你著想。

他，就是你最應該好好了解對待的——「自己」。

最後，

他們，在破裂的時光與記憶縫隙中相遇，一如華燈初上的日夜交替。

一章・她與他們

【他們，在破裂的時光與記憶縫隙中相遇，一如華燈初上的日夜交替。】

大學畢業之後，不愁吃穿的魏冬瑤就過著接英日翻譯案的日子，賺那一點錢只為了獨立的成就感。

生於世代清廉的公務員世家，嚴厲的教養讓她對外建立出端莊賢淑的形象，在媒體的形容下，她的世界彷彿與眾不同，和平又完美、順遂又幸運。

這天，魏冬瑤拖著行李站在機場，看著那片即將觸手可及的天空，終於要完成她夢寐以求的自助旅行！她已經二十五歲了，但是家人依然把她當成高中生，時常說這個不行、那個不安全……

但是今年春季，她真的想到日本一探櫻花滿開的景象，房裡貼著一張櫻花河的圖片，心心念念就想身歷其境，哀求了好久好久，家人才終於答應讓她飛向那片異國天空。

一個人帶著行李搭上飛機，一路上都非常順遂平安，雖說家人終於答應魏冬瑤「自助旅行」，事實上早就安排好飯店和接待她的當地友人……總歸魏冬瑤依然不是真正的背包客，但至少她如願飛到夢寐以求的境地。

飯店接駁車一路將她帶到目的地，服務員親切的引領她到大廳登記領取房卡，拿著房卡來到６０８號房才發現家人悄悄把她訂的房間升級，打開那扇厚實的門，映入眼簾是一片寬闊的窗景，入夜可以看著異地夜景入睡。

魏冬瑤想起要拿出電腦向家人報平安，看著視訊裡的人無奈地問：「你們幹嘛偷偷升級套房……」家人管教嚴格對她而言是一種變相寵溺，她無奈只是因為不希望這趟旅行變成清廉公務員世家被外界議論的把柄，什麼靠關係升級套房之類的。

魏媽媽沒露出寵溺的態度，反而是怪罪她說：「沒辦法，櫻花季一般房都客滿了，妳太晚訂又硬要去！」

魏冬瑤沒有回話，笑著心想：「每次都這樣說。」似乎早就知道家人寵溺於無形的招數不過就這些。

曾經她以為自己也該考公職，成為名符其實的官三代，但不知道為什麼她對為民服務的公務沒什麼興趣，只想獨自一人沉浸在難解的異國文字，研究它們的涵義，外人看似無趣的事物她卻樂在其中。

家人也沒勉強她考公職延續公務員世家，畢竟所謂的「世家」不過是兩代都恰巧當了公務員而已。

魏冬瑤報備了隔天行程就結束視訊，望著那片即將落幕的晚霞，猜想這時候櫻花是否滿開了？掩飾不住期待的神情。

※

同一時間，隔壁６０６號房有個男人正嚴肅地看著那片晚霞沉思不語，心想這次與日本合作的案子是考驗他能力的第一大關，他不希望讓父親失望，即便他只是個養子。

晚餐時間，他和日本製藥大廠的高層約在飯店餐廳見面，西裝筆挺的他比一般人高一些，五官也略顯剛硬、不苟言笑，微微揚起嘴角，恭敬的雙手遞出寫著「飛皇製藥　總經理——南思遠」的名片，那種微笑弧度彷彿是他的極限。

遑論後續日本合作方要與他把酒言歡，南思遠依然故我的禮貌飲酒，酒量甚好，默默飲下半瓶清酒竟然還算清醒。日本客戶看他堅定不移的態度，不靠花俏的招數討喜，某種層面上也算可靠！便同意與他簽約。

南思遠靠著意志力撐到簽完約離開餐廳，直到上樓才顯現出蹣跚的步伐、搖晃的身軀，看著越來越接近的606號房，眼皮卻越來越沉重……還沒踏進房間就倒在608號房門口，額頭敲響了房門，魏冬瑤不疑有他地開了門，被趴在地上的男人嚇一跳！

「欸！」魏冬瑤用日文喊著：「先生……你還好嗎？」戳他也沒反應，隱約傳來令人厭惡的酒味，她不耐煩地嘀咕：「是還活著嗎？」

趴在地上的男人突然抓住她的手腕，喊著一個人名：「以書……別走……」魏冬瑤發現他說的是中文，猜想他可能是台灣人，但也不好意思搜遍他全身找證件，免得弄丟什麼東西反過來說是她偷的。

魏冬瑤見這男人醉得不省人事也不能坐視不管，只好拉起他的手死命往房裡拖，沒一會兒他就翻個身蜷縮在地毯上睡去……

魏冬瑤實在不擅長照顧人，這麼多年來她都是被規範、被照顧的一方，站在不遠處望著地板上的醉漢，傻愣著不知道下一步該怎麼做，最後也只想到要拿條毯子給他蓋，就這麼讓他在地上自生自滅。

大半夜，南思遠才從地板上驚醒，張望一圈發現已經回到飯店，下意識認為是飯店人員把他帶回來，卻沒想過飯店人員怎麼會把他丟在地板上自生自滅？

沒想太多就迷迷糊糊往浴室去沖澡，此刻他才清醒地看見浴室擺設和他住的那間不同！桿子上還掛著女孩的內衣褲……

「……」南思遠趕緊別開視線，拿條浴巾圍著就拎起自己的西裝，打算逃離這個熟悉的陌生房間。剛踏出浴室，他發現床上女孩依舊熟睡，不禁低笑心想：「真是一點戒心也沒有……」回頭又看見桌上擺著中文旅遊書，猜想她也是台灣人，便留了一張在機場順手買的明信片，寫著：「感謝收留——向晚」

隨後悄然消失在608號房，當他邁出大門才發現自己的房號就在隔壁而已，對自己撐到簽完約卻撐不到近在咫尺的房間感到好笑。

※

一早鬧鈴才剛響起魏冬瑤就驚醒，閃過腦海的第一件事，不是昨晚無意間收留的醉漢怎麼憑空消失，而是她今天要去的景點是她心心念念的櫻花河！露出一抹充滿期待的笑容，邁向浴室梳洗。

走出浴室看見桌上一張明信片，才赫然想起昨晚地毯上有個醉漢的事，看著鋼筆字跡寫著感謝，她不禁心想：「這世上的好人還是很多的！」推翻魏媽媽老是拿來制止她踏出舒適圈的社會亂象。

這天，談好合作案的南思遠也換下西裝，一身輕便打算去逛逛賞花景點，一出門就看見608號房的女孩也正要出門，魏冬瑤昨晚光是把醉漢拖進房裡就很困難了，更沒餘力也懶得去看清醉漢的臉，於是沒能認出隔壁的房客就是那個醉漢，只是對他親切一笑。

沒想到這高大的男人從離開飯店後就開始跟在自己身後，讓她感到無比不安，心想：「難道媽說對了！日本痴漢那麼多……我真的不應該自己一個人來嗎？真是的……我不管拿什麼武器都打不過他啊！」

隨即她買票搭車，怎知那人也跟著她上車！

魏冬瑤不安的眼神四處尋求幫助，沒想到大家都低頭看手機和漫畫，就是沒人接收到她的求救眼神，直到她忽然打了噴嚏……全車的目光驟然集中在她身上，這噴嚏卻詛咒似的糾纏不休！

「哈啾……哈、啾……」打不停的噴嚏讓她尷尬驚慌，她還不知道自己已經加入花粉症的行列，只想趕快脫離眾人的注視。一到站她就急著奔出車廂，站在一旁眼淚鼻涕擦不完，心想：「還怎麼去賞花……不過還好，這麼糗的女生痴漢也沒興趣了吧！」

這時，有個人遞給她防止花粉滲透的醫用口罩和一包面紙，沉穩厚實的聲音說著：「看來妳對花粉過敏。」

抬頭一看，剛才那位人高馬大的跟蹤狂居然對她說中文，心中小劇場不禁猜想：「難道這個跟蹤狂還摸透我的底細？」

「你……怎麼知道我是台灣人！」魏冬瑤拿了面紙，狼狽的要命還硬要質問的模樣讓他生笑，況且他並沒有說她是台灣人啊！怎麼就自己坦白了……。

南思遠指向她包包上插著繁體中文旅遊簡介，魏冬瑤恍然大悟，又追問：「那你幹嘛一直跟著我！」

「我也是來觀光……路線這樣推薦我也沒辦法……」

「喔。」魏冬瑤信了，不疑有他地接過口罩戴上，又問：「你不戴嗎？」

「我以為我可能會過敏就只帶了一副，現在看來妳比我需要。」

「看起來是這樣沒錯……」魏冬瑤心虛地點頭，剛才還一直以為人家是痴漢，此刻若不是他準備周到，這趟賞花行大概必須中斷了。

看著魏冬瑤邊走邊翻找地圖的忙亂背影，他忍不住開口：「妳也是要去看護城河吧。」

「嗯。」魏冬瑤回頭，眨眨眼不是因為裝可愛，而是花粉症讓她的眼睛也跟著紅癢了起來。

「跟我走吧……只是妳不能待太久，過敏好像越來越嚴重了。」

「有嗎？我沒打噴嚏了！」魏冬瑤逞強地說，一邊揉眼睛跟著他走。

來到河畔，魏冬瑤睜大雙眼看著那片美景如畫，霎時忘了自己為花粉症所苦，南思遠除了望向一片櫻花河，也不忘看著眼前為了看美景而逞強的女孩。

「照片裡有座紅橋，你知道在哪嗎？」魏冬瑤回頭問了他。

「嗯。」南思遠點頭，沒等她就逕自向前走。

幾年了？

自從「家」開始分崩離析，輾轉他來到養父的家，再也不曾跟人如此親近，即便養父將他當親兒子對待，他依然畢恭畢敬、乖巧懂事地活在原本不屬於自己的屋簷下，他總想著自己是代替養父意外死去的兒子活著，只是代替另一個本該長大成人的男孩孝敬他的父親，這也不是什麼討人厭的事，甚至覺得這或許能彌補他人生的一大缺口。

若不是那樣大的缺口，他也不會淪落到成為別人養子的地步，人們在議論他的身世時總會聯想到「因禍得福」，或許吧……今天有這般成就，準備成為飛皇製藥的接班人，怎能說不幸運？

走上那座紅橋，彷彿漫步粉色花河之上，南思遠看著那人不顧人潮，揉著發紅的眼遲遲不願離去，直到相機拍滿了唯美照片，才甘願離開那座橋。

「你不覺得很美嗎？」魏冬瑤回頭問他，嘴角還掛著微笑。

「是很美。」南思遠一臉淡然。

「但是你看起來沒有讚嘆的感覺……」

「讚嘆什麼？」

「你看起來像是路過看看而已。」

「嗯……」某種程度上的確是這樣，南思遠此行本來就不是為了賞花如此單純享樂的目的。

逛了一會兒，人潮越漸增加，幾乎把魏冬瑤的身影擠不見，南思遠張望一圈看不見她的人影，突然眉心糾結，一陣頭痛莫名，他不斷用掌心拍擊自己的腦袋……

睜眼，她又出現在眼前。

「你沒事吧？」魏冬瑤關切地問。

「沒事……該回去了。」

「好吧，下次選人少一點的時間再來。」

「真傻，花季過了人才會少，那時還會是妳逞強也必須去看的風景嗎？」南思遠呢喃般的話聲，被人群的嘈雜淹沒，不自覺淺揚嘴角。

今天過後，南思遠就要先行離開日本，想到這竟有些放心不下她的花粉症。

回飯店後，魏冬瑤的症狀果然變本加厲，開始發燒咳嗽，在異地也沒人能求助，只好狼狽地敲著606號房。

南思遠聽見急促的敲門聲便上前開門，見她痛苦萬分的模樣，急忙將她攙扶到房裡，從收拾好的行李箱找出他帶來的藥品，匆忙之中還能細心照料魏冬瑤，直到她在沙發上平靜地睡下。

南思遠獨自開了電腦向公司通知延後回程，依舊靜靜看著她的睡顏，未能闔眼。明明初相識，卻似曾相識。

或許是好久、好久以前，也曾有個女孩時常用求救的眼神看著他，那時候他決定不顧一切也要把她從地獄中救出來，不管代價是從此換他活在地獄裡。

他又想起叫做「以書」的女孩，皮夾裡還藏著與她合照的舊相片。

但那又如何？

如今他們已經過著毫不相干的人生了。

※

隔天一早，晨光隱隱在簾間縫隙閃爍，魏冬瑤緩緩睜眼，發現自己躺在床上、蓋好被子，頭上還貼著退熱貼，她沒想過自己會過敏這麼嚴重，以前明明沒有這種問題。

起身才發現這不是自己的房間，那人靠在窗邊貴妃椅睡著，貴妃椅於他而言小了點，他睡在上面顯得十分勉強，魏冬瑤見狀，心想此行真是遇到貴人了，可惜精神狀況還是很差，恐怕要提早結束這趟旅程。

她已經預想打電話回家報備這件事，父母會笑多大聲了……

悄悄替南思遠蓋上一條毯子，發現他不斷喊著：「以書……不怕……」甚至想伸手抓住魏冬瑤的手，好在她閃得快沒被抓到。

離開606號房，魏冬瑤還沒玩夠而感到不捨，但還是決定打包行李早點回家，至少要回去查一下自己嚴重過敏的原因，才能重新下一次的冒險旅程。

中午，南思遠醒來看著空無一人的房間，沒有任何紙條與留言，她連一句話都沒留就悄然離開，南思遠說服自己她只是覺得給鄰居添麻煩不好意思才不告而別。心中雖然還想關注魏冬瑤的病情，只是她人已離開也沒理由追問。

在這之後，他們各自搭機回到台灣，降落在同一個城市，緣分在那一刻讓他們巧遇，卻也在這一刻讓他們往反方向別離。

南思遠來到公司開會，宣布正式和日本製藥公司搭起合作的橋樑，他的工作能力已然不容質疑，養父欣慰地望著他頻頻點頭，公司的氣氛也從一開始的不安動盪、議論他的身世和目的，到現在終於邁入安定，他心中不禁鬆一口氣。

會議結束後，他獨自來到頂樓，眼中的焦距停留在無限遠的天邊，他想起某個人的住址……608號的房客離開護城河之前寫了一張明信片說要寄回家，天真又浪漫地想將明信片寄給一周後的自己。

那時候她寫了許久，住址不小心就被他記下。

回到辦公室，他以向晚之名，寫了一封平信寄出……

「嗨！608號房的小姐，感謝妳那晚收留，不知道妳還記不記得我？

那天喝多了就倒在妳房外真不好意思，也慶幸妳沒把我當成變態報警處理，在那之後我一直想提醒妳……以後別隨便把陌生人帶到自己房裡，以我對這個社會的認知，可不是每個人都跟我一樣只翻找妳的地址以便寄點小東西作為報答就了事的。

（不過知道妳家地址恐怕也很變態了吧！呵呵，希望妳別介意，獻上一朵當季乾燥櫻花作為謝禮。）——向晚」

魏冬瑤收到之後並沒有覺得害怕，反而看著那朵乾燥櫻花淺笑心想：「我只不過把他丟在地毯上而已……還這麼特地寄信過來感謝，也算有心了！」只是她想不出該怎麼回信，就將信件擱置在櫃子裡，逐漸淡忘。

春雨一過便是梅雨陰鬱。

南思遠依舊為了工作奔波，魏冬瑤卻因為上次的自助旅行小意外，正在跟家人冷戰，因為她又提起想去韓國自助旅行，魏媽媽當然不可能放心讓她自己去。

「妳那麼不會照顧自己，上次回來那副死樣子嚇壞多少人，妳說？」魏媽媽斬釘截鐵地不允許。

「我哪知道太興奮失眠個幾天會造成免疫力下降，害過敏變那麼嚴重，是意外啊！而且花季都過了，我這次是去韓國買衣服而已！」魏冬瑤不斷想說服家人。

「不管去哪都一樣！妳以為每次都能遇到上次那種照顧妳還不討回報的好人嗎？反正我不放心妳自己出去，除非妳交個男友讓他帶妳去玩！」

魏冬瑤聞言氣不過回嘴：「難道妳要我為了可以出去見見世面就隨便找個男人當男友嗎？」話一說完，不給魏媽媽解釋的空間就喊道：「行啊！我又不是沒行情！帶個男友回來就能讓我去了吧！」隨即轉頭回房。

魏冬瑤在房間換裝之後就往附近政商名流愛去的夜店出發，誰也攔不住她被保護過頭的驕縱。魏媽媽看著她任性的背影，無奈心想：「也該給這孩子吃點虧才知道要怕！」卻也怕她真的出了什麼事，只差沒有自己跟著去夜店。

好在她知道魏冬瑤也只敢去那間店，客層多半是政商名流談公事、消遣娛樂，還不至於龍蛇雜處。

※

坐在吧檯，魏冬瑤裝扮像個大人卻只點了一杯橙汁，頻頻偷瞄手機也不見家人打來關心，她失望地心想：「這招難道沒用了？」苦惱著要想點別的辦法，沒發現後頭有個富二代炙熱的視線投向她許久。

那一桌有許多西裝筆挺的人正在談公事，南思遠發現談生意的對象無心於公事，這位對象就是與飛皇製藥齊名的萬生製藥董事長小兒子——齊寶哲，看他對公事懶散的態度就知道他是個只管玩的富二代，這會兒還因為發現了什麼獵物心神不寧……

隨著他的視線望去，南思遠只看見吧台前穿短裙的女子背影，無奈心想：「這次合作大概談不成了，萬生製藥派這種傢伙出來談，不如直接在電話裡回絕我，省得我跑這一趟！」心中一絲惱怒，加上生意談不成的失落使他頭痛舊疾發作，他便想藉故離場。

「不好意思，我……去一下洗手間。」南思遠掐著太陽穴，強忍著不適。

「沒關係，人有三急嘛！你慢慢來！」齊寶哲露出輕浮的笑容。

「南總，你沒事吧？」與齊寶哲同行的辣妹作勢要攙扶他，誰不知道南思遠是名望潛力股，此時不體貼更待何時？

「我沒事……」南思遠拆開纏上手臂的纖纖手指，不耐煩地往洗手間去。

站在鏡子前，往臉上潑了水才清醒了點，雖然稍微抑制心中的怒氣和近日的壓力，卻藏不住他眉間的鬱鬱寡歡，如同連日下不停的梅雨，使人煩躁不堪。

擦乾臉上的水，他調整了表情才踏出洗手間，遠遠就看見吧台前的女子果真被齊寶哲搭訕了……

「來！哥請妳喝酒！來這裡只喝橙汁怎麼行！哥請客不用擔心酒太貴！來一杯好喝的給這位小姐！」

「就跟你說不用了……」

「哥看妳心情不好，坐了老半天都沒人理才想陪妳聊聊呢，請妳喝酒也錯了？」

「要喝我自己會點，你當女人來這都是為了等人請酒的嗎？」魏冬瑤的聲音大了點，引起周圍旁人關注。

南思遠回到位置上正想提起公事包離開這個沒意義的聚會，一轉身就看見那抹熟悉的側臉，魏冬瑤猙獰的模樣不像那日遇見的天真。

「哇哈，脾氣這麼大，還好哥受得了，給妳打會不會比較開心？來啊！」齊寶哲抓起魏冬瑤的手往自己胸前拍，她既尷尬又掙不開這個陌生人的笑鬧，無奈心想：「看來媽說的對……這世上瘋子跟好人根本一樣多……早知道就不鬧脾氣了！接下來還真不知道這個瘋子要幹嘛！」

正當魏冬瑤不安地望向四周求救，突然有隻大手竄出，緊掐齊寶哲的頸子，捏紅的力道和眼神的狠勁讓南思遠變了一個人，憤怒而低沉地告訴他：「你放手，我就放手。」

被掐痛的齊寶哲嚇得趕緊鬆手，詫異地看了他一眼就落荒而逃，踉蹌回到自己的座位，身旁等著安慰他的美女簇擁而上，很快就彌補剛才失去的面子。

「謝謝……」魏冬瑤摸摸自己被抓紅的手腕，心有餘悸。

「原來妳也會來這種地方？」南思遠熟悉的話聲傳來，魏冬瑤才抬頭認出這張臉，怎麼能在浪漫美麗的櫻花河畔也用不苟言笑的表情看風景？她絕對忘不了如此矛盾的面容。

「怎麼是你……又跟蹤我？」

「我是來談公事，妳應該不是談公事吧？這樣說來是妳跟蹤我比較合理。」

「哼！」魏冬瑤心情壞得很，懶得跟他解釋。

「我要回家了，妳還要在這邊嗎？我一走他說不定又過來找妳麻煩。」

「那……我也要回家了。」魏冬瑤一口氣吸光桌上的橙汁，拎著包包頭也不回地離開這裡。南思遠跟在她身後，看著她任性的腳步，不禁揚起嘴角。

「所以妳一個不喝酒又玩不起那些遊戲的女孩子，為什麼要去那種地方？」南思遠責備語氣之中藏著難察的關心。

「我媽竟然不願意讓我自己去韓國逛逛，說什麼等有男朋友了才讓他帶我去……我就打算今天外帶一個男朋友回去給她看！哼！」

「剛剛不就出現一個人要給妳外帶，怎麼不帶走？」

「看那種情況也知道最後被打包帶走的是我吧……你在諷刺我嗎？」

「原來妳還分得清狀況啊！」

「哼！就知道你在諷刺我。」

「韓國的話……」南思遠回想了一遍近日行程，想起女性組員提出發展藥妝領域已經持續籌備半年，或許可以到近年來藥妝迅速崛起的韓國勘查。

「怎麼？你又要板著臉去觀光嗎？」

「如果妳想去，等我出差的時候可以同行。」

「真的？」魏冬瑤忽地雙眼發亮，雖是問句神情卻早已透露出深信不疑。

「如果妳家人同意的話。」

「同意！當然會同意，要不是你有準備對抗花粉症的東西，我大概會客死他鄉……」

「沒那麼嚴重吧。」南思遠看她誇張的表情跟電視裡採訪的那位官三代端莊賢淑魏冬瑤似乎不太一樣，不禁笑了。

「總之他們也很感謝你的支援……只是有可能不好意思再給你添麻煩，畢竟你這次是去出差吧。」

「忙裡偷閒出差兼觀光，我自己一個人也不知道要逛哪，不如妳想逛哪我就跟妳同行，反正我不管去哪都是這副德行，沒什麼差別。」

「那倒是真的……」魏冬瑤心想：「連在夜店都能一臉嚴肅，不知道是天生就長那樣還是顏面神經怎麼了……」想到這還不小心偷笑。

「妳笑什麼？」

「沒什麼！」魏冬瑤指著前方轉移話題說：「我搭公車回去就行了。」

「好。」

「掰掰！」

目送公車駛遠，南思遠不知道自己為什麼突然願意對一個只見過三次面的人付出關心……或許是因為她如此難得的天真善良，讓他想起這輩子恐怕都無法補償的——心中的遺憾。

曾幾何時他想告訴記憶中的那個女孩：『在我身邊儘管天真任性吧，我會保護妳。』只是當時他沒有能力承諾。

事過境遷，十多年過去，他終於有能力守護她，可惜如今的她早已不再天真任性。南思遠又拿出皮夾，看著照片裡的她，笑的靦腆亦或勉強？

他始終不知道答案，畢竟那是分別前一刻的合照，從此各自的臉上都掛著一絲遺憾生活著。

※

三天後，南思遠看見信箱裡有封信。

是魏冬瑤寫給向晚的，信裡雀躍地提及終於有機會去韓國逛逛，說她遇見了一個百年難得一見的好人，只是每次都忘記問他叫什麼名字……

「呵。」南思遠搖頭輕笑，笑這女孩竟然答應跟一個不知名的男人出遊，不知道是傻還是天真，但一想起她面對齊寶哲時的猙獰嘴臉，無懼他富二代的勢力，恐怕也不傻吧，不禁心想：「她是否有一雙能看穿別人內心的眼？」

那一晚，向晚給她回信，寫道：

「妳怎麼能跟一個不知道名字的男人去別的國家旅行！太危險了！要約也是約我！我也算百年難得一見的好人，而且妳還知道我的名字……真不公平！我現在就打包行李，我們韓國見！

（開玩笑的）

要是有明信片，寄一張來給我就很開心了！祝　旅途愉快　——向晚」

南思遠在信裡彷彿是另一個完全不同的人，有著外人從沒見過的幽默，他一直期待這世上某個角落，能存在一個願意聽他說出真心話的人，不管那個人是誰、是什麼樣子……卻在當他發現這樣的人終於出現時，才察覺自己早就遺失說出真心話的能力。

※

魏冬瑤這幾天一直在想……要怎麼跟南思遠聯絡？因為她連名字都不知道，也不知道他在什麼公司上班，根本無從查起。

手裡的八卦雜誌漫無目的地翻動著，突然有個標題抓住她的視線：「萬生製藥小老闆，夜店與宿敵鬥毆！」

「鬥毆？」她發現驗傷照片上，有張臉跟夜店搭訕她的男子一模一樣，不住碎嘴嘀咕：「那些勒痕是他自找的好嘛！真是做賊喊抓賊欸！」再仔細一看，他要告傷害的對象叫做南思遠，是飛皇製藥的接班人……

經過那天一鬧不但公事沒談成，還讓他們確立敵對關係，從此難談合作，魏冬瑤輕嘆一聲，自責心想：「要不是因為我也不會出這種新聞，不過……原來他是製藥廠的接班人，難怪對付花粉症那麼熟練！」

飛皇公司的電話很好找，只是不管打幾次都被客服人員攔截，不願幫她接通總經理辦公室，她只好找地址親自去道歉、道謝、談談旅遊行程……。

來到飛皇製藥辦公大樓，她在門口抬頭望向這棟規模不小的建築物，傻了幾秒才踏進去，進去之後也不知道該去哪找人才對，只好冒著被白眼的風險，隨便攔截一個人問：「請問你們總經理在嗎？」

「我不清楚。」員工拿著表單快步離開。

「請問……」魏冬瑤又試著問了幾個人，只是這整棟大樓的步調都快得讓人不敢攔截，彷彿耽誤一秒就會產生她擔負不起的損失。

來回問過近十人都不理她，她幾乎決定放棄，想打道回府。

才剛準備離開，就有個人來拍她的肩……

「妳好，我是總經理秘書——潤筠，請問妳是？」一名長髮長腿的套裝美女拿著平板電腦準備紀錄魏冬瑤的資訊，端詳出魏冬瑤慌張的神情便揚起親切的笑，說：「有員工回報大廳有人在找總經理，我才過來關心一下，請問妳找總經理有什麼事嗎？」

「喔……那個……」魏冬瑤腦袋一片空白，是來道歉的？道謝的？該怎麼說呢……真的不知道該從何說起。

「沒關係，不如妳留下聯絡方式，我再向總經理通報。」

「嗯，那就拜託妳了。」魏冬瑤在她的平板電腦裡記錄自己的名字，隨後有些失落的離開辦公大樓。

南思遠這才剛從製藥廠離開，還有許多事要親自去確認，尤其因為媒體大肆渲染，導致飛皇製藥像是跟整個萬生製藥宣戰，還不知道要冒出多少惡性競爭。

弄不好除了公司損失，更嚴重還可能裁撤員工，他一點也不願意因為自己造成的「意外」牽扯到無辜的人。

下午兩點終於有時間喘口氣，南思遠坐在辦公室裡還在看文件，秘書站在他面前都沒發現。

「總經理，」她確認南思遠點頭表示繼續之後，才接著說：「上午有不明人士來辦公大樓詢問總經理的下落……」

「應該是媒體，別管他，下午行程如何？」

「下午有個新藥會議，以及藥妝發展計畫評估會議。」

「嗯。」

「總經理也該吃午餐了。」

「好，妳也休息吧，兩個會議我自己去就行了。」南思遠頭也沒抬地朝她揮手。

「謝謝總經理。」秘書退到門口又回頭說：「上午那位小姐似乎不是記者，比較像是……總經理的粉絲。」

「嗯？」

「聽說問了十幾人總經理的下落才傳到我這，她叫做……魏冬瑤。」

「她來這裡做什麼……？」看到南思遠嘴裡嘀咕，秘書知道自己的判斷沒錯，確定已通報之後才安心離開。

「看來她是發現我的身分了吧。」南思遠看著桌上那份雜誌斗大的標題和他的照片，淺揚嘴角。

※

晚餐時間，魏冬瑤自從上次夜店風波之後就跟魏媽媽承諾不鬧脾氣，交換條件是要她重新謹慎、理智、合理地評估韓國行，順便告訴她南思遠願意藉出差機會帶她一起出國。

「妳說上次那個好人要帶妳去韓國？那個好人是什麼身分妳都知道了嗎？就算人家沒對妳做什麼壞事，也不能一點底細都不知道就跟人出國吧！」魏媽媽在餐桌上碎念著。

「『被抓去賣，還替人算錢。』就是在說妳！」魏爸爸也搭腔。

「他是飛皇製藥的總經理南思遠啦！富二代，行了吧。」魏冬瑤把雜誌推給他們看，無奈地說：「我現在才知道人家身分，還在夜店害他弄那麼大的新聞，會不會理我很難說欸！」

「看吧！就愛鬧脾氣，闖禍了吧！」魏媽媽幸災樂禍地笑著。

「要是被妳爺爺知道，肯定打斷妳的腿！」魏爸爸還在一旁火上加油。

「……」魏冬瑤知道自己的任性總有一天會闖禍，只是沒想到這一天那麼快就來臨，好歹她在人前都是氣質懂事的官三代，看來這個形象再不好好維持，哪天肯定會被自己瓦解。

此時門鈴響起，魏媽媽看了一眼電鈴螢幕裡的面容便漾起笑容，說：「看來人家沒有不理妳，我們家有總經理要大駕光臨了！」

「那就再拿一份碗筷迎接人家吧。」魏爸爸笑了笑說，視線卻沒離開手中報紙。

「不是……你們有問我過的意見嗎？」魏冬瑤還沒說完大門就開了，那人似乎才剛下班就往她家來，連西裝都來不及換。

「打擾了，魏小姐今天上午有來找過我，不過那時候我在忙，所以……」

「別說那麼多，你晚餐吃了嗎？」魏媽媽一把拉著他進餐廳坐下，又說：「看你面黃肌瘦一定是沒按時吃飯！」轉身進廚房挖了大碗白飯，拿到他眼前叮囑道：「我們老人吃完了先去看電視，你們邊吃邊談！」

「謝謝……」南思遠看著那碗山一樣高的白飯，傻眼許久。

「你怎麼知道我家在哪？」魏冬瑤一手撐著下巴，蹙眉質問。

「喔……妳爸是公務員，我問一下朋友就打聽到了。」南思遠雖然不擅長說謊，但是對付天真的魏冬瑤這樣也夠了。

「喔，總經理果然神通廣大。」

「妳來公司找我，有什麼事嗎？」

「就看到雜誌……想去道歉而已。」

「沒什麼好道歉的。」

「害你損失一個合作案外加跟人結仇……」

「那個案子本來就沒勝算，至於結仇，恐怕一直是有仇的狀態吧，否則也不會抓到一點把柄就大肆渲染。」

「那我去爆料說是他自己在夜店搭訕女生不成，惱羞才被教訓的……」

「那妳爸媽就要上頭條了……」

「那不行！」

「所以，以後還是少去那種地方吧。」

「喔……」

魏媽媽在一旁看到魏冬瑤點頭妥協的速度之快，感到震驚不已，猜想世上唯一能治她任性的人除了魏爺爺，應該就屬這個南思遠了吧。

「太神奇了！」魏媽媽忍不住推魏爸爸的肩，要他一起偷看。

「看來冬瑤上輩子拯救世界，才讓她瞎碰到一個好人。」

「也不能這樣講，就算她今年沒碰到好人，再過兩年我也會幫她找個好人嫁掉！」魏媽媽似乎早有準備口袋名單。

「嘖嘖，真愛瞎操心！」魏爸爸無奈地將視線轉回電視。

南思遠好不容易把那碗飯吃完，別說皮帶早就收進公事包裡，襯衫釦子也解了兩顆，只是這畫面都不敵他眼前素顏慵懶的魏冬瑤給他的落差感……看得他不禁低笑起來。

「你笑什麼……」魏冬瑤抬眸好奇問。

「想到妳在櫻花河畔的樣子，跟現在的樣子差別有點大。」

「你如果提早半天預告你會來就不是這個樣子了……反正在日本滿臉鼻涕眼淚的樣子你也見過，這樣應該還好吧。」魏冬瑤拉拉洗鬆的領口說。

「……我來這裡是想參考妳對藥妝產品的意見，妳前往韓國的旅遊行程應該會逛藥妝店吧？」

「會啊，大學同學託買清單一長串，我順便統計成表單給你參考大學生喜好如何？」

「那就太好了。」

「是說……我還是第一次靠新聞知道朋友的身分，你把聯絡方式留完整吧。」魏冬瑤把手機遞出去。

「朋友嗎？」南思遠嘴裡嘀咕，揚起嘴角的弧度明顯，一邊低頭輸入自己的基本資料。

「原來你會笑，我差點以為你是小說裡的面癱總裁。」

「原來妳也看那種小說，」南思遠冷笑一聲，說：「我以為妳是博學多聞、氣質出眾的官三代。」

「官三代看總裁系列違法嗎？」魏冬瑤忍住想白眼他的衝動。

「是沒有。」將手機還回去之後，南思遠起身說：「那今天就先這樣，謝謝你們的晚餐，我先回去了。」一邊恭敬的對兩老行禮，一邊退步來到玄關才轉身穿鞋離去。

魏冬瑤站在門口目送他的轎車駛離。

※

梅雨季過去，無時無刻的悶熱感宣告夏日來臨。

這陣子他們各自忙碌，誰也沒找過誰，偶爾魏冬瑤會收到向晚的信，問她要去韓國了沒，催促那張來自韓國的明信片，又叮囑她韓國歐巴基於禮貌，對女性時常是一視同仁的貼心，要她小心，別把所有韓國男人都當成好人！

魏冬瑤知道他又在開玩笑，沒當一回事，回信的時候告訴他這個月要代替父母出席網路商店暨倉儲通路的講座，所以都在惡補相關知識，希望到時候能一切順利。

正巧這個講座兩大藥廠為了拓展網路市場也派代表出席，才剛到達門口就看見一批媒體守在外頭，魏冬瑤還不知道這個講座規模那麼大……那麼多人重視！原來不過是兩大藥廠的富二代花邊新聞已經成為這次講座的焦點。

魏冬瑤照常入場，準備充分就像應付期中考一樣從容自信，這場講座有許多政商人士都來參加，為的就是了解網路銷售的商機。

這點魏冬瑤十分了解，畢竟她和同學平日話題就是網路有什麼能團購的好物，不用去擠破頭、踩到腳的周年慶特惠賣場，網路商店也沒有營業時段，就算是上班族也能輕鬆參與促銷活動，增加買氣的活動效果無庸置疑好過實體商店。

魏冬瑤自知被安排在靠走道座位也不急著入座，免得有人要經過又得起身讓路，在外面晃了一圈就見媒體圍著某個人，那個人高馬大的身影正在無奈地想從人群中脫離，但是他前進一步人群也跟著他前進一步。

記者不斷追問他為什麼毆打萬生製藥小老闆？是不是因為合作談不攏就惱羞動手？南思遠不發一語，面色凝重，扶額蹙眉，記者卻當作沒看到……

就在他舊疾發作腦袋炸裂之前，有隻神祕的手穿越人牆，抓住他的手臂狠狠將他拽離人潮，往有保全管制的後台奔去。

當所有記者發現追不上南思遠，便轉而圍繞他的秘書想問出幾個八卦，秘書從容不迫且答錄機似的官方回答，讓記者很快就沒了興趣，轉而圍繞剛入場的萬生製藥小老闆齊寶哲……

「你沒事吧？」魏冬瑤到後台才關切地望著南思遠，他看起來很不舒服。

「沒事……謝謝妳……」

「說什麼謝，要不是我，事情也不會變那麼複雜……」

「別說了。」南思遠警戒的模樣讓魏冬瑤很不適應，此刻的他彷彿與全世界為敵、草木皆兵。

「我們從後台進場吧，媒體應該進不來。」

「好。」

南思遠還不知道他落跑的景象成了敵方的新把柄，這下子齊寶哲勢在必得地笑說八卦，恐怕隔天又有一篇無可奈何的謠言成為茶餘飯後的新聞話題。

講座結束後，南思遠客氣地表示要送她回家，以答謝剛才她從人群中把他救出來。隨後兩人與秘書、司機同車而行，在車上時魏冬瑤的手機不斷有人打來，她接起之後沉默不敢回話，因為那些來電全是媒體打來追問她和南思遠的關係……

「怎麼了？」通話結束後，南思遠困惑地望著她，猜想她為什麼接了好幾通電話都不開口。

「沒什麼，語音問卷而已……」她不敢告訴南思遠讓他再為此費心，猜想剛才齊寶哲肯定向媒體說了什麼謠言，才讓風向從兩家企業的紛爭轉向南思遠的私人緋聞。

上次在雜誌裡看過關於南思遠的採訪報導，他其實是個不喜歡談論私事的神祕總裁，就連對員工也鮮少講到跟自己有關的事。

那篇採訪算是市面上唯一詳盡紀錄他喜好和基本資料的報導，魏冬瑤找來看過之後，印象最深刻的是記者推論南思遠可能是董事長的養子，但是從來都沒有人公開證實過，大部分的人都知道南董不喜歡別人討論這個議題，因為他回答「是」，就代表他沒把南思遠當親兒子；他回答「不是」，又有違事實。

回答這個問題太難了，不如沉默，南思遠也是一樣的想法，父子一貫對這種問題不予回應。

果然，和南思遠有關的緋聞隔天就在各大媒體不斷播送……

【最新！富二代鬥毆只為博取官家女歡心，真情？假意？】斗大標題和照片差點讓魏家人噴一桌的早飯。

「只是讓妳出席個講座，妳就上頭條了，真有本事！」魏爸爸眉頭深鎖也只說了一句話，事到如今罵再多也挽回不了什麼。

「那是齊寶哲故意造謠，我也是被害者好嘛！」魏冬瑤不服氣地辯解道：「況且……齊寶哲愛攪弄是非的形象也不是一兩天，相信他的人有幾個？誰都知道他只是愛上新聞而已，不管是誰的八卦他都能講得像真的一樣！」

「也是啦，反正你們都單身，這種傳言是還好，不要人家已經有婚約了還傳劈腿就不好。」魏媽媽對這次上報事件倒是淡然以對。

「婚約嗎……？」魏冬瑤赫然想起那人曾在睡夢之中喊過某個名字，不知道這個謠言出現會不會影響到他和那個人的關係，心中不禁擔憂地想：「我該不會又搞砸一件事了吧！」

此時，南思遠也看到早報標題，只是一笑置之，倒是有個人打電話來與他相約見面，他看了一眼來電顯示，便匆匆放下工作接起電話：「喂？以書啊。」眼眉之間笑意難藏，他們約好下午在咖啡館見面，談談這次早報上的八卦……

「你真的為了博取官家女歡心，才打傷萬生製藥的小開啊？」眼前的女子打扮休閒一如時下女大生，純粹好奇的神情追問沒人敢在南思遠面前提起的問題。

「我只是給他一點警告，他對別的女人輕浮就算了，那個女人沒有被輕浮的意願，他還糾纏人家就是違法。」

「哥不當警察太可惜了。」

「不說我了，妳過的還好嗎？怎麼把頭髮剪了？」南思遠關切的眼光炙熱，深怕這頭短髮是因為受了什麼情傷才剪。

「最近韓劇流行中長髮啊！你過一陣子不是要去韓國，我寫好清單了，要幫我買喔！」叫做以書的女子漾起笑容，只是眼裡的成熟懂事已經不再是個小女孩了，南思遠頓時不知該感到欣慰還是心疼。

「好。」

「你真的會挑嗎？一個大男人走進藥妝店很不可思議吧，買不到也不勉強啦！」以書溫柔地笑著，事隔多年，在她臉上已經看不出任何依賴，有的只是怕麻煩到別人的客套模樣。

「官家女也會去，應該沒問題。」

「……你要跟八卦版女主角一起出國？該不會我快要有嫂子了吧！」

「想太多了，我們只是為了各自目的出發去同一個地方而已。」南思遠喝了一口摩卡咖啡，卻掩飾不了談起魏冬瑤時的眼神與談起別人都不同。

「既然有女生陪你去逛街我就放心了，今天不能陪你吃晚餐，晚點要去接送弟弟。」

「好，保重……好好照顧自己。」

「你才是。」

「好……改天見。」

「改天見。」

短暫的會面像是一口氣拔起想念的根，葉瓣離土又落地，根鬚重新捉摸土地、重新佈署，直到下一次會面，想念是否又蔓延成一大片？

南思遠獨自在咖啡館裡思考早報裡的標題，猜想這個花邊少爺齊寶哲的言論很快就會被大眾摒棄，不足為懼。

只是他開始擔心魏冬瑤原本平靜的生活，會被鎂光燈瘋狂的追逐所影響，在這時期一同出遊韓國……是對的嗎？

「新聞那麼大，我們這時候還一起出國……好像不妥？」他果真忍不住撥了電話徵詢她的意見。

「你想反悔！」魏冬瑤崩潰地大叫：「為了萬生小開害我不能去韓國？這樣對嗎？還是你……」靈光一閃，她霍地恢復理智地問：「有女友？然後她很介意這個緋聞，這樣的話我不去玩沒關係，我一點不想被當成小三喔！」

「有女友？」南思遠冷笑一聲說：「這又是什麼新謠言？」

「沒有嗎？」

「……目前沒有。」

「喔，那就隨便他們去說啊！不能為了那種人就取消我的行程吧，大哥！」

「既然妳都叫我大哥了，是應該帶妳去玩一圈再說。」

「謝謝大哥！」

南思遠欣慰地笑著，看著桌上清單心想：「這張清單要怎麼拜託她找呢？」畢竟這世上沒有第二人知道他有個妹妹，他不希望人們也把鎂光燈往妹妹身上聚焦，打擾她平靜的生活。

這是他現在唯一能為她做的事了。

※

炎炎夏日，機場空調低溫讓穿著清涼的魏冬瑤感到一絲寒冷。

等了許久也沒看到南思遠的身影，以為要被放鴿子的時候才見他雙手插褲袋，悠哉地向她走來，不若平常一身襯衫西褲，穿著白色棉衫加件半正式的西裝外套，戴著復古墨鏡掩飾眼神就無需費心偽裝冷漠。

「你遲到了，這是遲到該有的態度嗎？」魏冬瑤不耐煩地說。

「我沒遲到，是妳早到。」南思遠說的也沒錯，魏冬瑤提早了一個小時在機場等，一看就知道是興奮過頭。看她心虛的視線飄往別處，他又追問：「昨天失眠了吧？」

「才沒有！」魏冬瑤抬起下巴反駁，隱約可見橘色遮瑕膏掩蓋著黑眼圈更顯得她在狡辯。

「到飯店後，先睡一下吧。」南思遠才剛說完，遠處突來一陣閃光，他警戒地回頭看了一眼，發現並非觀光客拍照，急忙躲藏的身影肯定是狗仔。

「怎麼了？」魏冬瑤似乎連剛才的閃燈都沒注意到。

「該登機了……」

「喔。」魏冬瑤拖著行李跟著他前進，直覺有人跟著她或注視著她，正當她想轉頭查看的時候，南思遠連忙攬著她的肩，湊近悄聲說：「不要回頭。」

「為什麼？」

「有狗仔……妳回頭就拍到正面了。」

「嘖，討厭！」魏冬瑤從口袋拿出口罩和墨鏡戴上，她本來以為沒機會戴，沒想到還沒登機就得像個名人似的偽裝自己。

「現在反悔還來的及。」南思遠無所謂地笑著。

「反悔什麼？要拍就拍啊，有種跟來韓國拍！最好拍到我們住不同間房號！」

「關於這個……」

「嗯？」

「妳指定的商務房客滿……只剩觀景房，我訂不起兩間……」

「什麼！」魏冬瑤詫異的眼神，被空姐的親切話聲轉移了焦點。

「您好，歡迎搭乘本航空班機……」

登機後，魏冬瑤望向窗外不發一語，南思遠以為她因為飯店訂不起兩間的事情生氣，其實她只是害怕等下會暈機、又怕亂流、又怕飛機失事，這些想太多的小劇場讓她面露難色。

起飛之後果然因為太焦慮而感到不適，所幸短暫的飛行就降落在異國土地，但她不適感尚未退去，自然無法給南思遠好臉色看。

南思遠見狀終於開口說：「不然這樣，觀景房妳住，我訂另一間飯店商務房，只是相隔有段距離……可能……」事實上是隔了一條江，那會很麻煩。

「不用了，你早點說我也不會堅持要那間拍過韓劇的飯店，觀景房很貴欸！我雖然是節儉的官家女，但說好了平攤這次旅費，住房費用我還是會付一半……」

「所以……妳是因為太貴才不開心？」南思遠真是長見識了，好歹他也是個總經理，還以為她一路上板著臉是因為沒能訂到兩間觀景房而覺得他小氣。

「我哪有不開心？只是暈機想吐而已。」

「原來是這樣……」南思遠鬆了一口氣，但想想好像也不對啊！這女孩為什麼對於他們即將入住同一間房沒有異議？

「我記得他們觀景房沙發滿大的喔？我睡沙發的話應該可以少付一點吧，大哥？」魏冬瑤翻了翻手機裡的飯店截圖說。

「睡沙發、少付一點，嗯……？」南思遠恍然大悟原來她腦中早就有自己的節儉算法了，別過頭去隱隱笑著。

※

一踏入房間魏冬瑤就撲向大床，想吐的感覺這才好一些。

南思遠看了看錶，離和在地美妝公司上班的舊識約好的聚餐還有一段時間，他望向窗外一片漢江景色，雖說不到絕美卻實在廣闊，使他想起家鄉一片稻田連接山景，既熟悉又陌生的記憶彷彿一場夢境。

望著江景發呆一陣，回頭發現床上一點動靜都沒有……

魏冬瑤居然睡著了，可見她因為期待出遊不知道失眠了幾天，看她連棉被都沒推開就睡在上面，飯店裡的空調可不如外面炎炎夏日，搞不好醒來就感冒了……

南思遠心想：「如果又像上次日本行那樣重病回家，我這個保母顏面何在！」連忙想辦法把她推往邊緣，拉出棉被來蓋。

正當要把她從邊緣推回中間時，魏冬瑤突然高舉雙手，嘴裡含糊念著：「這個包包……」雙手似乎抓住了什麼，往自己身上一扯，碎語：「是我的！我的……」

夢裡被她緊緊抓住、拉向懷中的特價包款，是南思遠的領口……兩人的距離之近頓時讓他停止了呼吸，不禁感到一陣暈眩。

「是我的……」魏冬瑤眉心一蹙，一定要搶到包包似的追加一扯，讓原本近在咫尺的臉貼在一起，輕輕地、南思遠就吻在她臉頰上。

停頓了幾秒魏冬瑤才終於鬆手，還抓了抓臉頰翻身繼續睡，南思遠蹙眉心想：「是結完帳了才甘願放手，轉身去下一間嗎？」才剛這麼想，那人又開始說夢話：「那個唇膏……便宜……」魏冬瑤翻身之後又指著另一個方向呢喃，南思遠不禁猜想她的購物行程已經在夢中展開，好笑地看著那隻手在空中揮舞。

幫她蓋好棉被，南思遠靜靜坐在江景旁的電腦桌，打開筆電瀏覽這次行程採買的藥妝品牌，創始概念、主打產品……等簡報，一邊敲打著鍵盤，整理出他要的資訊。

與飛皇差不多規模的製藥公司都已經開發自有美妝品牌，飛皇在這個領域可以說是慢了好大一步，加上國際品牌競爭者多，想要在這個領域佔有一席之地是件辛苦又不易的差事，但越是如此他就越想成功給所有人看。

給自己加諸龐大壓力的後果，演變成眾所皆知的頑疾，南思遠時常在壓力過大或使人焦慮的場合中頭痛欲裂，中斷一切對談離場。

一開始人們以為他是裝腔作勢給員工一點下馬威，但是所有親眼見過他冒冷汗的猙獰模樣，就會明白那是老天所謂的「公平」，在他看似完美的人生當中，畫下一撇瑕疵。

是福不是禍，這個頑疾傳開了之後，他不顧痛苦也為公司努力的態度，悄然讓公司內部形成無形的向心力，所有員工看著如此拼命的小老闆，都想為他分擔一點，他身邊也因此聚集了許多人才好手，他認真的處事態度逐漸威名遠播，使他在剛進公司不久後，就躍上商業雜誌的黃金單身漢行列。

午後一場陣雨，打溼了窗景，南思遠抱頭蜷縮在沙發上，神情痛苦不堪，不慎推倒桌上的杯子，掉落發出的聲響讓魏冬瑤從那場購物夢裡驚醒，沿著聲音看去，她傻眼了幾秒便飛快上前關心。

「怎麼了？撞到了？」魏冬瑤看他猙獰無法言語的模樣，頓時不知所措，急忙想把他的手抓開看看是否受傷，沒想到稍微對他施力就看見一雙陌生冰冷的眼神瞪著她低吼：「離我遠一點！」

魏冬瑤因為他甩手而退兩步，直覺這種情況並非受傷，作為旁觀者的她想起雜誌中記者對南思遠的註解，所有人都認為他那檢查不出病徵的頑疾是來自壓力，猜想這場對她而言輕鬆的旅行，換到南思遠肩上卻是未知的重擔。

再次靠近，她不再探究他是否有外傷，只是將掌心輕輕覆蓋在他抱頭的手背上，反覆說著：「沒事了、沒事了……」

南思遠的眼神因為頭痛驟變凶狠嚇人，咬緊牙關警戒的模樣直直盯著魏冬瑤，一手不斷拍打自己的頭，彷彿在強迫自己清醒一點。

「別想了，看著我，沒事的。」魏冬瑤雙手輕貼他的臉頰，要他別再想那些使他感到痛苦的事情，一邊念著：「想點開心的、輕鬆的……」

「開心的？我的人生哪有什麼值得開心的……」南思遠心底有個聲音無奈地說著，但眼前這張臉孔讓他想起了一幕幕粉色畫面，為了看櫻花不顧花粉症的她，一臉鼻涕眼淚地誤解他是痴漢，下一秒又毫無疑心地接過陌生人給的口罩……甚至是把被醉倒的他拖進自己房間還能安然熟睡。

到底活在什麼樣的天堂才能像她一樣總是一臉幸福滿足，不食人間煙火？

眼看南思遠的神情逐漸緩和，魏冬瑤並不知道他想起了什麼，只是替他鬆了口氣，拾起地上的水杯，幸好沒有破裂，裡面裝的只是白開水。

「抱歉……嚇到妳了吧？」南思遠無力地說。

「還好……不是果汁或咖啡，不然房務人員會在內心暗罵你千千萬萬遍。」魏冬瑤拿了條毛巾放在地板吸水，說著與剛才發生的事情沒什麼關聯的話：「剛醒來還以為是打雷聲，想說天氣不好要怎麼逛街？還好只是杯子掉了……」

南思遠沒再多說，眼前的女孩看起來傻卻不是真傻，似乎看透他無法解釋的難處，兩人很有默契地都不再提起剛才的事。

陣雨停了，魏冬瑤走向窗邊，愣愣看著江景，過了一陣子忽然回頭大喊：「你快來看！快點！」語氣急忙地像是發現了飛碟。

南思遠走到窗邊卻沒看到什麼奇特的畫面，連彩虹都沒有，依舊是一片霧茫茫，他不禁問了身邊專注的魏冬瑤，說：「妳要我看什麼？」

「看漢江啊！觀景房就是賣這片景色，多看一點才能回本！」

「呵呵呵……」南思遠霎時笑開了，誰也沒辦法看透這個女孩的心思。

「笑什麼，你不是節儉富二代只訂得起一間房嗎？而且還是生意人，多看一點回本的道理沒錯吧！」

「那妳多看一點，相機給妳打包一些景色外帶回去？」

「好主意。」魏冬瑤二話不說接過他遞來的相機，找了幾個美好的角度拍了幾張照片，沒發現南思遠心中覺得這樣的景色之所以回本，或許……是因為有她在。

隨即手機的鬧鈴響起，與南思遠約好的聚會時間到了。

「什麼聲音？」魏冬瑤回頭問。

「我約了在韓國美妝公司工作的朋友在這裡吃晚餐，妳要一起來嗎？」

「你談公事不怕商業機密被我聽見嗎？」

「也不算公事，交流雙方對自己公司經營方針的感想而已。」

「好，那你先去。」魏冬瑤心想這裡餐廳滿高級的，是該換件衣服、補個妝，再去見見異國朋友。

半小時後才出現在餐廳門口，合身的襯衫領無袖蕾絲布洋裝，梳整好的低髮髻夾著素雅的白蕾絲緞帶夾，清透的底妝、細長的自然咖啡色眼線、粉色漸層唇妝，如果不說話或許有人會覺得她是韓國人。

道地的韓劇淑女裝束，非常適合這種半正式的場合。

南思遠的朋友遠遠就對魏冬瑤行注目禮，南思遠沿著他的視線看去，終於看見偶然在選舉採訪中出現過的魏家獨生女嫻靜的身影，忍不住呵呵低笑，心想遠遠看著的確是傳聞中的大家閨秀，雖然和他先前見識過的各種崩壞形象有點兜不攏。

「欸，那是韓國藝人嗎？你也搞約美模陪吃飯這招？不是吧……當了總經理就變成這樣……」他朋友一口標準中文，甚至就是台灣腔。

「她是這次帶我勘查藥妝店的朋友，不是藝人。」南思遠似笑非笑地解釋，隨即魏冬瑤也來到他身旁的座位，生疏地對他朋友打招呼。

「嗨！」

「嗨！沒想到南哥不只秘書美翻天，隨行出差的同事也這麼美！」

「哇……你中文講得真好。」魏冬瑤才剛坐下，詫異地抬頭望著他。

「哈哈，我叫陳達，是台灣人啊，南哥沒跟妳說嗎？」陳達是從飛皇製藥出身，輾轉到韓國美妝公司就職的台灣人。

「原來是這樣……害我白擔心了。」

「擔心什麼？」南思遠即便好奇，語氣還是十分淡然。

「擔心雞同鴨講。」

「不會啦，這是我的名片，下次來韓國我可以帶妳玩啊！」陳達善於交際南思遠是知道的，但不知為何此刻心底一絲微惱。

「不好意思我沒有名片，我叫魏冬瑤。」

「這個名字真好聽！」陳達油嘴滑舌特別會逗女生開心。

「謝謝。」魏冬瑤被父母教出一貫的端莊作風，向來是客套應對，確保沒有闖禍的風險，但也無法主動開啟新的話題，有時會顯得無趣。

「不說這個了，說重點吧。」南思遠想把陳達的焦點從魏冬瑤身上移開，可惜沒能成功。

「先吃飯才是重點，我們魏小姐餓了吧！」陳達連忙起身拿菜單給她。

「是有點餓。」事實上打從上飛機就因為暈機沒再吃過任何東西，現在她真是餓壞了。

「妳吃辣嗎？還是像我們南哥怕辣？」

「難得來一趟當然什麼都吃啊……」魏冬瑤眼神在南思遠身上轉了一圈，好奇探問：「你怕辣喔？不會吧！」

「……」見他不發一語，猜想他是默認了。

「我們南哥喜歡豆腐鍋，沒變吧？」陳達的油嘴滑舌同樣會用在男人身上，說穿了他看似輕浮的表象之下藏著無微不至的細心，他會記得所有人的喜好，這便是開拓他廣大人脈的絕招。

「有推薦的嗎？」魏冬瑤菜單看了老半天也沒想法。

「推薦啊……」陳達其實對這間飯店不熟，也摸不著頭緒。

「那一樣豆腐鍋好了。」魏冬瑤看他為難地笑，趕緊下決定。

「OK！那我幫你們點餐囉。」

「謝謝。」

陳達離座之後，南思遠始終沉默，不知道為什麼自從降落在這片異國土地上，心底就五味雜陳、難以言喻，魏冬瑤四處張望的視線最後還是回到南思遠身上，關切問道：「還是不舒服嗎？」

「嗯？」南思遠抬頭的眼神困惑，似乎不知道她指的是什麼。

「頭痛啊！」

「喔……沒事了。」他困惑的神情轉變成不安，魏冬瑤雖然察覺有些不同，卻也說不出個所以然。

談笑之間，吃完飯店裡的高價平民餐點，目送陳達離開，他們也準備回房休息，一進房門南思遠就立即開筆電敲打著鍵盤，似乎想趁腦中還記得陳達與他交流的情報，趕緊打成文件寄回公司讓同事開會討論。

魏冬瑤看著漢江華燈初上，不同於白天的景致，發覺暗夜中的光點遮去了日光下顯而易見的瑕疵，像是蒙上一層面紗、綴著珠寶的女子，神祕而華麗的登場，輕易就能吸引眾人的目光。靜靜的，看傻了。

直到鍵盤的聲響止下，南思遠抬頭才察覺時光流逝，完成任務似的陷進沙發，今天該做的事情總算都完成了，望著挑高的天花板他又開始思考明天的行程，猜想魏冬瑤踩上街道的神情，是否會像下午那場搶購包包的夢境……

透著下午金黃光芒的頰吻，再度浮現眼前。

「「糟了……！」」南思遠驚覺自己的心臟有著不同的頻率。

這是第一次他身體裡的「兩個靈魂」有著相同共識——他與他，恐怕都愛上了這個女孩。

二章·瑪奇朵

【義大利文的瑪奇朵，是印記；深深烙印在他記憶裡的，是瑪奇朵。】

悄悄站在她身邊，注視她視線裡的夜景，南思遠開玩笑地問：「看那麼久，差不多回本了吧。」

「忙完了？」魏冬瑤往桌上的電腦看，果真已經收工了，臉上漾起鬼靈精的笑，指著窗外說：「要不要下去逛逛？」南思遠看著那雙期待的眼神，只是淺笑點頭，眼底不自覺滿是寵溺與溫柔。

魏冬瑤沒察覺這些細微的轉變，雀躍地拿起相機往外走，在出發之前她就知道這間飯店周邊景致浪漫唯美，夏季茂密的綠葉間纏繞了小小的燈，點亮暗夜中的道路，比起白天的景致，她知道自己更愛夜晚的神祕之美。

南思遠僅是看著她的背影，想起櫻花樹下的她也如今日這般好奇張望，優遊自在的目光任性停留在每個她想看透的角落，發現角落的美好是她給自己這趟旅程的驚喜。

太羨慕她了。

南思遠害怕探詢黑夜，對他而言，所有黑暗的角落都藏著傷人的陷阱，一不小心就會讓他失去些什麼……於是他無時無刻都想拚死捍衛自己擁有的，隨著年紀漸增、能力漸強，他甚至想要替別人捍衛他們擁有的、珍視的一切。

不管是養父的公司、員工的家庭、妹妹平靜的人生、魏冬瑤的天真，他都想一肩扛起，卻有個聲音總是說他辦不到，激怒身體裡的另一個靈魂，逼著他去做到，要證明給所有不看好的人知道……

吳以恩，是他的舊名字、是少年時的他，是一直活在南思遠心底深處的少年，不時會出現捍衛他珍視的一切，不擇手段、不顧一切，因為他知道失去一切的痛是血流如注、慘不忍睹的。

但是南思遠知道這個少年也擁有摧毀一切的能力，始終拼命用理智控制著，當他感到無力時，吳以恩總會像當年一樣，從心底深處衝出來「幫」他。

說是幫，卻時常搞砸一切，當他清醒時總會看見難以收拾的窘境，一如那次在夜店鬧出頭版標題，毀了與萬生製藥打算交好的關係，他知道這一切不是魏冬瑤造成的，而是他自己，嚴格來說……是另一個自己。

然而，這是沒有第二人知道的祕密。

夏夜清風偶然拂過樹梢，穿著無袖洋裝的魏冬瑤忍不住打了噴嚏，尷尬地回頭看著南思遠，他們都還記得上次相遇的開端，是一個又一個沒完沒了的噴嚏……。

魏冬瑤看他正在脫下那件西裝外套，趕忙伸手制止：「不用給我西裝外套……」

「妳確定？感冒的話，妳的韓國行不就又泡湯了？」

「可是……」魏冬瑤心想：「穿那麼大一件外套會很好笑吧！」

「穿吧。」南思遠趁她猶豫之際把西裝外套披掛在她身上。

「不過你夏天還穿長袖外套……不熱嗎？」魏冬瑤拉好西裝外套，端詳著他。

「妳這問題……我倒想問問冬天還穿短裙的女生，不冷嗎？」

「看來這其中藏著很玄妙的原理啊！」魏冬瑤點點頭，似乎明白了什麼，一隻手好奇地伸進西裝內袋到處探找，揚起嘴角說：「穿西裝好像能變魔術……這什麼？名片！」她拿出一疊銀色燙金名片夾，看一看又放回去，在內袋東摸西摸，又摸出一只皮夾，還來不及翻開那人就伸手拿走。

魏冬瑤謹慎地端詳他的情緒卻看不出一絲端倪，只好直接問：「我翻你東西不開心了？」

「沒有，繼續翻吧。」南思遠淺揚嘴角收起那只皮夾，似乎真的沒有為此生氣，魏冬瑤也沒客氣，繼續翻找總裁西裝裡藏的貼身用品。

「鋼筆！可是……你都用手機和平板記事，會用到鋼筆嗎？」

「簽約會啊。」

「真好奇你簽名是什麼樣子。」

「呵。」南思遠低眸一笑，不禁想起秘書曾說魏冬瑤來辦公大樓找他時像個粉絲，沒想到現在還真開口要簽名了。

閒晃了一圈，魏冬瑤拍了許多照片才甘願回房。

梳洗之後，她慣性坐回床上翻看今天拍的照片，有幾張不經意拍下南思遠的神情，往前翻一點是在日本拍的照片，她發現他的神情有時會天差地遠……卻又說不出是差在哪？

「妳要睡床，那我就睡沙發了。」

「咦？等等！我睡沙發啦！」魏冬瑤趕忙放下相機，跑去沙發旁要趕走他。

「不用了，妳睡床。」南思遠咚一聲坐在沙發上，堅定地說。

「不行！你看你腿伸直都超過沙發了，這沙發分明是為我量身訂做的！」說完，魏冬瑤就把腳抬起來掛在椅背上測量長度，見他一臉淡然肯定是不信，又把上半身趴在椅背上，想表示這沙發長度果真是為她量身訂做的……

「你看剛剛好……啊——！」才剛證實完，起身時手一撲空就從椅背滾到他腿上，還知道丟臉用雙手掩面，不敢看南思遠的表情。

「既然妳那麼喜歡這個沙發，就讓給妳吧。」南思遠雙手托起她，抽身又把她放回沙發，若無其事地往大床走去。

魏冬瑤躲在椅背只露出半張臉端詳他的表情，心想：「難道他是故意欲拒還迎，然後合理地搶回大床？果然是生意人……高招。」

「怎麼？後悔的話來睡這啊，我不介意。」南思遠拍拍身旁的空位，眉眼之間藏著無害的笑意，只是想看她會有什麼反應。

「不用了。」回頭，魏冬瑤拉起毯子，希望今天不會失眠。

失眠的另有其人。

南思遠輕嘆一聲，拿出剛才差點被翻開的皮夾，靜靜地看著那張照片……他知道身體裡的兩種聲音是解離性身分障礙（雙重人格），也知道痊癒的機率不高，即便治好也可能復發。

這一切都是「他」害的！

要不是「他」，母親也不會驟逝！

要不是「他」，唯一的妹妹也不會被強迫分送到另一個家庭，成長過程需要處處看人臉色過日子，何況妹妹的養父母後來生了一個弟弟！

但是妹妹每次跟他見面，都沒嫌棄過養父母，南思遠猜不透她形容的幸福快樂是不是假象，因為他知道妹妹就跟自己一樣，過著外界看似幸運且幸福的日子，但內心呢？

「造成這一切的人，原本就該死！」即便內心如此憤恨不平，在他臉上卻不見一絲怨恨，只有無限悲傷。

昨天陳達聽他們說要租車，便自告奮勇借了他們一台車，方便他們開往商圈購物。

今天一大早魏冬瑤就神采奕奕從沙發裡醒來，開始挖出行李的行頭打扮自己，穿上粉色紫花立領雪紡長洋裝和米色短襪，配了一雙好走的白色中筒帆布鞋，綁了低馬尾，畫上橘色腮紅顯得朝氣蓬勃，站在鏡子前滿意地轉個幾圈，才想起這個南司機毫無動靜。

失眠了一夜，南思遠好不容易在晨曦升起前睡著，卻被魏冬瑤給鬧醒……

「欸！別睡了！達哥借我們的車只有你知道車號和長什麼樣子……」魏冬瑤在他耳畔不碎念，那個人只是翻個身又沉沉睡去。

「嗯？什麼味道？」魏冬瑤到處吸鼻子，發現味道是從南思遠身上發出的，低頭聞聞棉被又聞聞枕頭，不住嘀咕：「飯店會在枕頭噴香水嗎？」

「嗯？」南思遠終於甘願醒來，辛苦地撐起眼皮，翻過身的剎那鼻尖與她對個正著。魏冬瑤睜大眼，默默收起下巴，退了一步，不耐煩地催促：「你終於醒了！我都準備好了你還在睡！」

南思遠嘆了無聲氣，起身蹣跚地進浴室梳洗。

踏出浴室依然是一雙惺忪的眼，視線停在地板上好一陣子，魏冬瑤簡直以為他站著也能睡回籠覺，氣急敗壞地喊：「不是……你到底要不要出發啦！都快中午了！」

南思遠這才拍拍臉頰讓自己清醒一點，端詳起整裝完畢的魏冬瑤，還微笑對她比出了大拇指。

魏冬瑤無奈地冷笑，心想：「這傢伙還有時間稱讚別人？也不看看自己頹廢的模樣，跟在外人面前精神抖擻、衝鋒陷陣的總裁形象根本天差地別！要是拍張照賣給狗仔肯定能上頭條！」想著想著她還真拿起相機，如果等一會兒他還賴在飯店不走就拍來當把柄……

只是轉眼間，他換好衣服出來臉上已經睡意全無，彷彿昨日不曾失眠。

「你要穿這樣逛街？」魏冬瑤看著他寬大鬆垮的灰色短衫加一件黑色九分窄管褲，穿著黑色球鞋就打算拿了鑰匙出門。

「穿這樣怎麼了？今天又不談公事。」

「也沒怎麼……不過，你香水是哪個牌子？」魏冬瑤說完又開始吸鼻子，往他的袖子吸了吸，似乎對這個味道有興趣。

「妳是小狗嗎？」南思遠推開她的額頭，覺得她這模樣很好笑。

「昨天那件西裝也有這種味道，枕頭好像也有……我好奇嘛！」

「那不是香水，是木質精油，舒眠安神用的。」

「喔！原來如此！」魏冬瑤恍然大悟之後看了看錶，趕緊拉著慵懶狀態的南思遠，強迫他前進：「該出發了！」。

隨後南思遠開著陳達借他們的車，往明洞駛去。

雖然行前就調查過明洞人潮壯觀，但親眼一見還是讓南思遠倒抽一口氣，站在原地似乎有些卻步。

「真的要進去？」南思遠看著無止盡的人潮蔓延，不禁面有難色。

「不然我來韓國幹嘛？」魏冬瑤常和姊妹逛街，練就出輕易穿梭在人與人之間的空隙，南思遠可辦不到，一旦陷入人潮他就會變成孤島上的燈塔，哪都去不了，就像那次被記者圍上，無處可逃。

「走囉！」魏冬瑤不管他躊躇，自顧邁入人潮，南思遠只好跟著前進。

魏冬瑤馬上就逛入一間美妝店，南思遠一看招牌似乎是以書託他買的牌子，一個大男人拿起小籃子挑口紅色號、粉底、遮瑕……沒一會兒他的籃子裝的比別人都多，結完帳轉身的瞬間才發現自己成為店內的目光焦點。

「你買比我還多……難怪被側目！」魏冬瑤幫他把一大袋美妝品放進他的牛仔後背包，這個背包容量明顯就是要裝戰利品的。

「我只是買樣品……」南思遠心虛地說。

「去跟她們解釋啊！」魏冬瑤隱隱笑著。

南思遠接著又是不發一語逕自前進，不時回頭看她有沒有跟上，果真下個街口一回頭就發現她的身影像流星閃入店家逛了起來，他心中不禁暗想：「跟女人逛街比遛狗還辛苦！」雖然他根本沒養過狗。

「唉，狗還有鍊子牽！」每當回頭看不見魏冬瑤人影，他簡直想買一條鍊子給她戴上，況且早上她到處聞個不停，實在像隻小狗。

夏日午後的悶熱並沒有抑制人潮的有增無減，陸續出現的情侶、學生、觀光客，讓原本還算自由的行人空間開始萎縮，人與人的距離悄悄被壓縮在一條街道之中，轉眼……他發現自己已經被人海孤立。

在異地街道張望不見魏冬瑤，彷彿就快遺失什麼的焦慮感包圍著南思遠，驟然頭痛欲裂，他不斷痛苦地拍著腦袋，想逃離不斷湧上的人潮，卻被人海推回中央……

下一秒，眼前的景象彷彿靜止了。

被他遺失的女孩來到他的眼前，牽起了他的手，轉身引領他走出人海，隨著一陣清脆的鈴鐺聲、一陣清涼的冷風吹來，四周忽然換了空氣……當他清醒時已經站在咖啡館之內。

「真是的……一轉眼就看不見人，先在這休息一下吧！」魏冬瑤一邊碎念一邊拉著他走向雙人座位，鄰座之間隔著玻璃板，可以看見櫃檯就在店內深處，等著魏冬瑤去點餐消費，她識相地拿起菜單，問了對面還在發愣的人：「要喝什麼？摩卡？」雜誌上寫著這個黃金單身漢喜歡的飲品是摩卡……他卻搖頭。

「有焦糖瑪奇朵？」

「有，那我先去點餐，你休息一下吧。」

「好。」南思遠看她走遠之後，低頭扶著太陽穴，甩了甩頭，似乎想擺脫不時襲來的痛覺。

直到魏冬瑤拿著兩杯飲品入座，他才換了張表情似的抬起頭來。

「好多了？」

「嗯。」南思遠淺淺笑著，跟剛才疲憊的神情全然不同。

「你的瑪奇朵。」

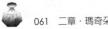

「……」看著這杯飲品，他臉上的笑意悄然收起，似乎不是很想喝。

「反悔了？還是要喝我的摩卡？」

「可以換？」

「我都可以……這樣看來雜誌寫的是真的囉？」魏冬瑤笑了笑，交換兩杯咖啡。

「那是他們訪問秘書得到的資料，本來不想回答，但是公司希望領導人能建立一點知名度，省下一筆宣傳費用。」

「那你幹嘛不一開始就點摩卡，這樣很麻煩欸！」

「抱歉。」南思遠無條件表示歉意，反而讓魏冬瑤感到不好意思。

「對了……你清單都買齊了？」魏冬瑤趕緊轉移莫名凝結的氣氛。

「差不多了。」

「我也差不多，等一下去逛打折服飾，幫我爸買件新衣好了。」

儘管南思遠沒說什麼，也能看出他一雙眼神溫柔地贊同，雖然魏冬瑤根本沒想管他贊不贊同，大不了讓他自己在這裡吹冷氣等她買完回來。

魏冬瑤喝了一口咖啡，低頭細數起剛才逛過幾間店、買了什麼超優惠特價品，南思遠只是靜靜聽著、眼眉微笑著，笑談之中玻璃隔板映照出他們沒發現卻令旁人稱羨的畫面。

此刻被全世界誤以為他們是情侶的畫面，同樣也被印在今早的報紙裡，下一秒就傳送到南思遠的手機裡。

八卦版刊登他們在機場被偷拍的畫面，聳動煽情的標題污化兩人的互助合作之旅，但現在想來……這樣的標題或許也不那麼失真。

「怎麼了？」魏冬瑤看他拿出手機之後就收起笑容，嚴肅不語，以為公司發生了什麼緊急事件，說不定要中斷旅程趕回去？

「沒什麼。」南思遠收起手機，看了看窗外，說：「晚點可能會有陣雨，趕快買一買，晚餐也買回去吃好了。」

「好啊！」魏冬瑤心想：「原來剛剛是在看天氣預報？看來他還真討厭下雨天。」跨出咖啡館的剎那，外頭的熱氣呼嘯而來，魏冬瑤捨不得關上那扇門，但是看著遠方正在飄近的烏雲，還是得趕緊出發。

經過一間購物榜上有名的服飾店，魏冬瑤毫不猶豫轉了進去，挑了幾件質料甚好的襯衫，想給魏爸爸當伴手禮。

「深色的好還是格子的好？」魏冬瑤拿起襯衫在南思遠的身上比了比，自顧碎語：「格子的好像比較好看。」

「是嗎？那這件我買了。」南思遠順手搶去她手裡的英倫風格子襯衫。

「欸！那是要給我爸的！」

「可是目測這件伯父可能穿不下。」

「那你幫我問問有沒有大一點的尺寸。」

「百分之九十九沒有，零碼才會三折。」

「不管啦，幫我問！」

「好……」南思遠回頭用英文問了店員，可惜答案就像他說的一樣，只剩架上的零碼服飾，魏冬瑤難掩失落，乖乖把襯衫放回去，倒是南思遠默默拿了一件去結帳。

過了一條小巷又看到一間必買男裝店，魏冬瑤不死心又踏進去逛，在特價衣桿附近徘徊，就是挑不到能裝下魏爸爸鮪魚肚的襯衫。

「原價有大尺碼，為什麼不挑？」南思遠正在挑選特價衣桿之外的服飾。

「太貴了！」

「我看還好啊。」

「因為你是總裁！」

「那總裁買一件送伯父。」南思遠挑了一件細緻的條紋襯衫，猜想這種淺藍色應該很適合他老人家。

「你買給你爸啦！幹嘛買給我爸！」

「總裁的爸爸都穿名牌貨啊！」南思遠漠然回了一句刻板印象，但那也是事實，他的養父至今還是穿著逝去的妻子幫他買的那幾件襯衫，捨不得換。

「你沒理由送我爸衣服吧……」

「怎麼說？」

「你肯趁出差帶我出國旅遊就不錯了，還買什麼伴手禮……」魏冬瑤眼神飄忽，不禁有些心虛。

「但是如果妳沒跟我來，我哪知道要買哪些品牌？十幾間美妝店在我眼裡都長得很像……」南思遠回想稍早的情景還是覺得混亂，要不是有魏冬瑤在，這趟採買簡直是踏入沒有出口的迷宮。

「不然這樣好了……」魏冬瑤在特價衣桿挑了一件深藍色五分袖襯衫，在他身上比了比，說：「還不錯，那我送你這件（特價品），然後你送我爸那件（原價品）！」

「真會算……妳不當生意人真可惜。」南思遠看她精算的神情，忍不住笑了。

接過魏冬瑤送他的襯衫，心底湧現久違的暖意，已經很久、很久，沒有人替他挑過一件衣服、鞋子……所有的日常用品他都自己挑選、自己花錢買，過著獨立也獨行的人生，輾轉十多年過去已經習以為常。

他甚至忘記心中曾經剝離的缺口，從來沒能補上。

轉眼，陣雨落下，澆熄剛才的心暖。

他們只能站在窄窄的屋簷下等待陣雨過去，魏冬瑤仰望無限遠方那片逐漸化作雨水落下的雲，南思遠以為下一刻她要說出什麼感傷的話，她卻開口說……

「晚餐我想吃辣炒年糕、紫菜包飯，」隨即回頭問他：「你呢？」

「呵。」南思遠不住低笑，恍然大悟她感傷的眼神是因為餓了：「不辣的都行。」

「你真的怕辣喔？」

「不是怕，是不喜歡。」

「喔，那就是怕辣啊，」魏冬瑤不給他反駁的機會，還直接幫他決定：「那你吃甜不辣和炸雞好了，順便去超市買一些泡麵。」

天空就在魏冬瑤列出清單之後逐漸放晴。

直到他們終於準備返回飯店，已是一片夜幕與無盡燈火，魏冬瑤的晚餐不知不覺就在車上吃光了，希望陳達不會介意車子裡充滿炸雞和辣炒年糕的味道。

一進房門魏冬瑤就往大床一撲，疲憊嘀咕：「我的腳還在嗎？怎麼沒感覺……」

南思遠放下肩上一大袋戰利品就往浴室去，過了好一陣子才出來，魏冬瑤以為他要先洗澡，等到差點睡著。

「熱水放好了，泡一下會好一點。」

「嗯？」魏冬瑤翻身確認這個人在對誰說話，只見他那雙眼就是盯著自己，起身驚呼：「這麼好！不會是你用過的洗澡水吧……報復也不是這樣……」

「我還有點事要處理，還沒洗應該看的出來吧，妳的疑心應該用在陌生人身上才對……」南思遠無奈一笑，打開筆電準備建立今天買的樣品清單，順便跟秘書聯絡，要她盡快處理早報的八卦。

魏冬瑤蹣跚地走進浴室，發覺水蒸氣之中有熟悉的木質香氣，猜想：「不會是精油吧？這麼高級！」

一小時過去，浴室一點動靜也沒有，南思遠處理完大部分的事務才想起她……

「該不會睡在浴缸裡……」站在門外敲了一陣，把燈關了也沒聽到有人大喊，猜想她可能真的睡著了，這才決定開門進去察看。

魏冬瑤果真臉靠在浴缸邊緣熟睡，雙手還掛在外面，南思遠見狀真是哭笑不得，伸手抓了浴巾，拍拍她的臉頰叫醒她：「欸……醒醒！別人不知道還以為我放安眠藥給妳泡……」

「嗯？」魏冬瑤終於睜眼，迷糊地看他一眼，赫然清醒：「哇啊！變態！」喊完那一刻她臉上已經被蓋著一條浴巾，那人已經轉身離開浴室了。

「要是變態早就把妳賣了。」南思遠一邊碎念，一邊拿起自己的睡衣，捶捶自己的雙肩，瞄向滿載而歸的背包，心想：「也不看是誰把那堆背回來……」回頭就見魏冬瑤換好睡衣站在他身後。

「我也幫你放好熱水了，很公平吧！」魏冬瑤拍拍他的肩，點頭說。

「確定不是妳的洗澡水嗎？」

「嘖，沒放精油的原味熱水啦！」魏冬瑤差點翻白眼，不過因為太累了，只想倒在沙發裡，隨手撕開一張今天入手的面膜敷上。

躺在浴缸裡，南思遠的神情不如白天明朗，有個聲音碎念著：「害我沒喝到韓國的焦糖瑪奇朵……喝什麼摩卡，你這個背叛者！」一臉隨著話聲結束而沉入水中。

褪色的回憶逐漸湧入腦海……

『以恩，今天同事送媽一杯咖啡，媽不能喝，你要喝喝看嗎？』

『咖啡？』剛上國中的少年接過已經失去溫度的冷咖啡，看著上面的標籤寫著：『焦糖瑪奇朵……什麼啊？』好奇地喝了一口，焦糖的香甜味一開始讓他很不適應，卻在不知不覺中喝完生平第一杯咖啡。

『以恩，好喝嗎？』

『還好啦！』少年的口是心非看在媽媽眼裡還是可愛的。

『下次媽問她去哪買的，回家給你帶一杯，不要告訴妹妹，她還小不能喝咖啡。』

『喔。』看似冷淡的回話，心底卻因為這小小的偏心感受到愛。

『以恩……』

『吳以恩……』

『以恩吶……好好照顧你妹妹。』母親未能說完的話，總是在夢中不斷反覆出現，揮之不去。

退色的記憶逐漸染上一片暗紅，讓他驚醒，匆忙浮出水面。

「咳、咳——哈——」深深吸氣又吐氣，才總算回歸平靜。

若無其事地踏出浴室，魏冬瑤已經在沙發上敷臉敷到睡著，幾乎睡在沙發邊緣，大概一翻身就有一隻手會掉在地毯上。

南思遠走到沙發旁，坐在地板上端詳面膜下的睡顏，好羨慕她清澈的人生，養成她一顆清澈的心，沒有掙扎、沒有質疑、沒有怨恨、沒有遺憾地活著，真好。

忽然魏冬瑤一個翻身，那隻掉落的手臂正好被他接住，南思遠順勢將她抱去大床上安睡，拿掉她臉上快乾掉的面膜，她只是伸手抓抓臉頰就窩在木質香的被窩裡睡去。

南思遠拿了一個枕頭就到沙發上悠哉地躺著，希望這一夜可以就這麼寧靜下去，那個依戀焦糖瑪奇朵的少年可以不再出現，與他爭辯。

※

來到韓國的第三天早晨，今天是最後一天待在韓國，魏冬瑤一早就醒來整理行李和清單，準備去一趟超市搬些韓式調味醬回去給魏媽媽用來討好同事，然後就該回台灣了。

只是她不明白一件事……

「我昨天不是在沙發上敷臉嗎？怎麼是在床上醒來……」魏冬瑤心想，看向沙發果真有隻長腿凸出沙發：「他怎麼會睡沙發？難道我夢遊把他趕去睡沙發？奇怪……」最後抓抓一頭亂髮還是想不出昨晚發生什麼事。

直到刷完牙、化完妝，從浴室走出來，他還在沙發上沉睡，整張臉埋進沙發角落，一隻腳蜷縮起來，雙手緊緊抱著枕頭，細看還能隱約看見他眉心蹙起，似乎連在夢裡也很焦慮不安。

正當魏冬瑤猜想他是不是做惡夢，又看見他的手捏緊枕頭一角，狠狠掐緊像是在忍耐著什麼無法反抗的委屈……她忍不住伸手覆蓋他的拳頭，想消除那一絲無形的狠勁。

沒想到拳頭真的漸漸鬆開，魏冬瑤欣慰地輕拍他手背，當她想收手時……反被緊緊牽住，她看不見埋在沙發角落的表情，不知道那雙眼已經緩緩睜開，帶著一絲不明顯的淚光，若無其事地將她的手牽到臉龐。

「為什麼要體驗睡沙發的感覺？」魏冬瑤沒管他是否還在睡，自言自語。

「因為上次妳睡沙發沒失眠，我睡大床卻失眠……」南思遠的側臉終於離開沙發角落，看著被他緊牽的手，反問她：「妳幹嘛趁我睡覺偷牽？」

「嗨呀！」魏冬瑤抽手說：「誰牽誰啊！這裡能調閱監視器嗎？」一邊抬頭張望尋找像是監視器的東西，飯店當然不會有那種侵犯顧客隱私的東西。

「沙發果然比較好睡，難怪妳堅持要睡。」南思遠伸了懶腰，微笑點頭。

「……」魏冬瑤似笑非笑，對他奇特的見解感到無語。

來到超市，魏冬瑤沒一會兒就推著滿滿一籃，回頭問他：「你不買嗎？」

「都是辣醬有什麼好買的。」南思遠淡漠地回話。

「那你買零食啊！」

「那買甜的好了……」南思遠開始在架上挑了起來。

「你喜歡吃甜的？」魏冬瑤站在一旁看著，總覺得這個人令人難以看透。

「對啊。」

「嗯？」魏冬瑤以為他會稍微反駁，沒想到就這麼乾脆地承認了，她有點意外地嘀咕：「真看不出來。」

「不然呢？喜歡吃甜的人看起來是什麼樣子？」南思遠好奇地望向她，這是第一次魏冬瑤覺得眼前這個人跟在日本遇見的他，有所差別。

「像……蝴蝶一樣？」魏冬瑤隨便想了一個答案。

「是嗎。」

南思遠其實不在意答案是什麼，因為他本來就打算建立出沒人能看透的形象，不管用來防衛敵人或偽裝自己，就算最後他甚至不明白真正的自己是什麼模樣也沒關係。只要養父滿意、員工滿意、社會大眾滿意就夠了。

為了感謝陳達贊助車子，魏冬瑤在機場時拿了一箱台灣泡麵送他，抱著家鄉味，陳達感動的語無倫次……

「飛皇還缺人嗎？你們這樣害我都想回去了。」

「缺啊。」南思遠沒猶豫地回答。

「真的？你不怕我回去就把你的職位和魏小姐一起搶過來？」

「怕什麼？你搶得贏再說！」南思遠揚起自信的笑。

「喲！事有蹊蹺？我還在想昨天台灣早報怎麼那樣講，你們真的是來度蜜月的喔？三天也太短了吧！」陳達嘻皮笑臉地說。

「早報？」魏冬瑤一無所知，茫然地看著他們。

「對啊，早報說你們……」

「行了，不聊了，下次見！」南思遠拍拍他的肩，那抹笑容讓陳達起了寒顫，趕緊識相地答腔說：「好啦！下次有空來多玩幾天！」

「嗯，再見！」

飛機總算啟程，飛往家鄉的天空。

「什麼早報？」魏冬瑤的視線像要把南思遠的腦袋看穿。

「就……出發前在機場被偷拍的報導。」

「寫什麼？」

「也沒什麼。」

「所以是什麼！」

「飛皇小老闆招待氣質官家女出國密遊……什麼的。」

「什麼的？」

「……疑似為前途鋪路，集結官場勢力對抗萬生製藥。」

「……」魏冬瑤白了一眼，不悅地嘀咕：「記者什麼腦，編這種故事也能賣錢！」

「我叫秘書處理了，但妳家可能還有記者守著，建議妳先別露面，看是要幫妳訂飯店，還是要住我家客房。」

「飯店那麼貴……但是住你家客房不會打擾到董事長嗎？」

「我跟他分開住。」

「可是如果又被拍到我住你家就更慘了吧。」

「社區有保全系統過濾出入身分，住戶都是權貴，沒人敢洩密，放心吧。」

「這麼高級。」

「是啊，總裁嘛！」南思遠臉上沒有一絲笑意，關於他的命運，如果可以選擇……他只想過著像魏冬瑤那樣平淡樸實的生活，儘管家人有些嚴格，但是每晚飯桌上的笑鬧是再多家產也換不來的景色。

原本他也不是那麼羨慕，但是親眼見識過後，才知道自己活在天寒地凍之中，原來世界上真的有人過著他夢寐以求的生活。

那一刻，他彷彿下定決心要守護如此美好的家庭，不希望他們遭受任何打擊。如果身為總經理是保護他們最好的身分，那他甘願安分待在如此高處不勝寒的位置，看著他們幸福快樂。

「總裁了不起呢！」魏冬瑤哼哼鼻子說：「還不是會怕辣。」

「……」南思遠只是沉默地笑了笑，又說：「下飛機之後我要先去公司開會，妳也一起過來。」

「我又不是員工，為什麼要去聽你們的商業機密？」

「妳是顧客代表，產品企劃就是為了顧客設計的，妳就盡量發表意見，要當奧客代表也沒關係。」

「這麼好！」魏冬瑤當然不會相信他說的話，更不會毀了自己嫻靜的名聲。

很快地，飛機降落在家鄉的土地，魏冬瑤看著他逐漸加快的腳步，似乎又看見當初在日本相遇的總經理，那顆急忙的心，連風景的美好都感受不到，無法靜靜感受櫻花瓣片片落入河中，優雅而緩慢地累積出那片令人讚嘆的畫面。

「你不累嗎？」魏冬瑤坐在車上時這麼問他。

「妳累了？我可以讓司機先送妳回去休息。」

「我問的是你，我累了肯定會告訴你。」

「我？沒有什麼累不累，該做的事情沒做完才真的累。」

「總裁人生還真是不美好。」魏冬瑤說完就把臉轉向窗外，似乎真的為他感到一絲悲慘。

南思遠在心中冷笑一聲，笑她說對了，可惜人們都覺得總裁人生美好得像從未拆封的禮物，沒有人能真正看見拆掉華麗包裝後的箱子裡藏著什麼東西。

對南思遠來說，這箱子其實是個神祕的——恐怖箱。

※

會議室坐了兩排人在等待他們。

秘書安排魏冬瑤坐在離總經理最近的位置，所有人都等著這個早報版面上的女主角發表意見。

「這次我拜託魏冬瑤小姐與我同行，挑選女性消費者中評價高的美妝品，以下是簡報，你們看完有什麼想法？」南思遠不苟言笑的模樣雖然她早就見過，此刻回想兩段旅程……怎麼就看不透這個男人的真面目？

「以下是台灣各大美妝網的評價資訊，對比日韓品牌，日系發展較早，強調各種功能性；韓系發展較晚，強調原料天然；台灣本土品牌多被日系影響，故而消費者應該也比較能接受以日系為基本概念研發的產品。」綽號眼鏡男的斯文男員工推推眼鏡說。

「但是韓國美妝崛起方式才是我們應該參考的速度與效率。」南思遠說。

「日系品牌分為開架與專櫃和近年以網路為主要行銷的專賣店，價格中高的品牌形象好、銷量佳、忠實客戶多，我認為應該培養忠實客戶，不能短視近利。」另一名有點年紀的女員工米羞（Michelle）說。

只是魏冬瑤覺得她沒有把自己保養得很好，那她的意見能給消費者參考嗎？不禁為此困惑蹙眉，南思遠瞄了她一眼，問：「妳覺得呢？」

「我啊……」魏冬瑤有些不好意思，正在思考要怎麼好好敘述才不會讓他們有被外人反擊的感覺。

「不用想太多，直接講。」南思遠習慣性揮了一下手中的鋼筆。

「對啊，我們開會都這樣，也比較有效率。」一旁有個綽號宅宅的員工和善地笑著，魏冬瑤半信半疑，最後還是不敵大家催促的眼神，直接說：「我認為……大眾對新品牌的認識是起步重點，消費者對新品有意願嘗試的第一要素是價格，因為便宜，買了不好用也沒關係的心態，是某韓國產品剛進駐台灣時打的價格戰，這招果真吸引學生族關注新品牌，隨後因為學生族群的傳播能力，帶起購買潮，在銷量持續成長邁入穩定期之後，才漲回原價，此時顧客對這品牌的其他產品嘗試意願也提高了。」魏冬瑤看似天真的表象竟能吐出一連串完整的概念。

「價格戰嗎……」南思遠若有所思。

「但我認為價格戰會拉低品牌形象。」眼鏡男說。

「不一定，據我所知韓國美妝單一品牌的產品線裡，一樣有照成本分為高中低價位，他們拿出來打價格戰的產品是招牌商品，是急於推銷給大眾認識的東西，這時不能只顧獲利或形象，因為消費者不管這些，產品有效就是最好的形象。」魏冬瑤繼續解釋：「讓消費者自己實驗效果，比任何櫃姐推銷、名人代言、廣告宣傳頻率，都要有用。」

「既然如此，招牌商品就必須符合低價、有效的特性？」米羞私下是專櫃派的，似乎不太認同這種方案。

「對，考慮到成本問題，使用天然單純的成分、樸實的包裝就夠了，畢竟我認為膚質好的最大關鍵是保濕，保濕做好可以讓皮膚油水平衡，自然增加皮膚的防禦能力。」魏冬瑤說的頭頭是道，雖然她保養有佳的膚質已經是最好的證明，眾人不禁被她的說法說服，但她終究只是個消費者，她所說的方向有待保留。

「各位還有異議要提出嗎？」南思遠沒有任何情緒的表情，看不出任何偏頗，這似乎是他讓員工能積極表達意見的關鍵。

「魏小姐的分析合理，如果今天有新品牌主打便宜好用的新商品，我也會買來嘗試，只是嘗試後的感受就是我們品牌能否成功的關鍵，不容有失。」另一個年輕的女員工莫莉（Molly）說：「市面上各種效果的產品層出不窮，請問魏小姐是否有推薦最為保險的類型？」

「便宜的美妝品對消費者來說，效果好不好不是他們優先評價的重點，沒有過敏不適才是這類產品被評價的重點，所以我建議貴公司招牌商品是低敏、天然的產品。」

「但是低敏產品多半是過敏膚質才會購買，這樣會縮小市場吧。」眼鏡男推了推眼鏡說。

「不……我認為必須宣導各種膚質暴露在混合許多汙染源的空氣中，產生任何不適症狀，都稱為過敏膚質。不管是油性膚質長痘、乾性膚質脫皮發癢、混和性膚質選用產品的困擾，皆是因為皮膚有狀況，當肌膚有這些不適感我都歸類為易敏膚質。」

「所以妳想我們設計一款大眾通用、低敏、天然、樸實、低價的產品，作為新品牌的先鋒是嗎？」南思遠整理完說。

「對，我是這麼想的。」

「那如果我們真的推出，妳會想買嗎？」南思遠反問。

「會……吧？」魏冬瑤遲疑了一秒，是在想說家裡的囤貨還沒用完。

「呵。」南思遠突然低笑一聲，讓在場員工都驚呆了……

總經理何曾在開會時這樣笑？不論結果好壞，肯定都在會後詳細思考後，宣布定案才會知道，他這一笑，難道是贊同魏冬瑤的點子，直接宣告定案？

「那就請各位往這個方向設計新產品。」果真直接口頭定案了！員工淡定的表情之下藏著驚天動地的心情。

「還有問題嗎？」南思遠的鋼筆敲敲桌面，喚醒這幾個員工的思緒。

「目前沒有。」員工們面面相覷，欲言又止卻因為跟會議無關不敢開口。

「那散會了。」魏冬瑤不明白他說完散會為什麼還不起身，猶豫要起身還是跟他一樣繼續坐著。

南思遠通常會坐在原位等所有員工散去，防止錯過有人想私下提供他點子，直到所有員工都離開會議室，南思遠才轉頭悠悠一問：「晚餐想吃什麼？」魏冬瑤剛才還以為他一開口就會問工作上的問題，沒想到是這麼日常的小事。

「呃……我們已經錯過晚餐時間了，要買消夜了。」魏冬瑤這麼一提醒，他才看了手錶，想起這個臨時會議是大家為了配合他下飛機時間加班留下的，此時已經是晚間九點。

「難怪那麼餓。」南思遠開會時的不苟言笑憑空消失，若無其事地笑說：「上次沒喝到瑪奇朵，等一下順便去買。」

「上次……」魏冬瑤混亂了，上次明明是他不想喝瑪奇朵才交換的！

「走吧！」看著南思遠的背影，她真的看不明白這個人了。

踏出公司她也懶得明白那些有的沒的，坐在車上向窗外轉動眼珠子，思考消夜的菜單，途中經過一片小規模的夜市，開心地拍著車窗喊：「欸！有夜市！」

南思遠雖然不曾獨自來逛這種地方，但還是把車停在夜市旁的停車場，一下車就聞到燒烤混合其他食物的味道。

「想吃什麼？」南思遠回頭問她意見，卻發現魏冬瑤已經站在烤肉攤前挑選……忍不住笑著看她與老闆討價還價的背影。

「欸，我幫你點了一串甜不辣！」

「好……」南思遠四處張望，可惜夜市沒有賣咖啡的攤販，讓他有些失望，才一轉身就看見魏冬瑤這次站在飲料攤前，買了一杯珍奶。

「要來一杯嗎？」魏冬遙回頭就見南思遠走來，連忙指著招牌上的菜單說：「還是這個焦糖奶茶？跟焦糖瑪奇朵應該有異曲同工之妙吧。」

「奶茶跟咖啡怎麼會一樣？」南思遠搖頭說。

「焦糖一樣啊！」

「一樣嗎？」

「都是合成糖漿，一樣啦！」魏冬瑤斬釘截鐵的點頭，這話不知道是褒是貶。

「好吧，那一杯焦糖奶茶。」這次，「他」被說服了。

※

帶著燒烤與奶茶，回到南思遠的大廈別墅。

大門一開，魏冬瑤就聞到熟悉的木質香味，她一直覺得出國之所以沒失眠都是因為這個香味的關係，果真是舒眠安神的好物！

不過這個香味很快就被燒烤的味道取代，南思遠提起她的行李往客房去，燈一開，魏冬瑤看傻了眼……

一片粉色系統櫃沒有擺放任何物品、白色床具上鋪著可愛的小熊床罩組、床邊還有一隻淺駝色中型泰迪熊。

「這真的是客房嗎？」魏冬瑤踏進這個精心布置的房間，好奇探問。

「嗯。」南思遠隨口回應。

「你一搬進來就限定客人是女的嗎？」魏冬瑤質疑他的眼神就跟當初把他誤以為是痴漢一樣。

「是啊，總裁嘛！」南思遠隨便丟個理由不解釋，轉身打算回自己房間梳洗，走到門口又回頭交代：「客廳浴室妳用，我用房間的……別又在浴缸睡著了。」

「才不會！」看著他離開的背影，魏冬瑤又開始端詳這間客房，其實很像女孩子小時候夢想中的房間，只是所有櫃子都是空的，包含抽屜、衣櫥，幾乎都是全新的。

好像原本應該要有誰住在這，卻從來沒有人住過。

南思遠十六歲被收養，十八歲就得到這間房子。

他用自己的獎學金布置了這個房間，期間他百般期待未來能和妹妹同住一起，不再和家人分開。曾經試探過養父的意願，他卻明顯表示沒想收養兩個孩子，況且得知妹妹在另一個家庭也遇到不錯的父母之後，內心有個聲音勸他別再執著。

他恨那個聲音，但是那個聲音卻逐漸勝利……那個換了名字，叫做南思遠的聲音逐漸被人們喜愛、認同、表揚、成功，直到所有人都忘記他原本叫做──吳以恩。

南思遠從養父那裏得到獨寵的愛，也看著養父對已逝妻子的深情多年不變，他卻不敢問起養父的過去，為什麼可以深愛一個原本陌生的人那麼多年？穿著她挑選的襯衫、西裝、領帶，研究起她喜愛的精油與養生之道。

他只知道養父的妻子是病逝的，兒子也是，但就像自己的過去不曾對誰提起，他也不曾過問養父的過去，只是乖巧地取代他兒子的位置，替這位置原本的主人盡一點義務。

溫熱的水柱從眉間蔓延而下，南思遠站在充滿霧氣的浴室裡，發現自己因為她的出現，不斷想起被忙碌淹沒的久遠過去，以及不斷被喚醒的──吳以恩。

「背叛者。」吳以恩冷漠地低吼。

「我不是。」南思遠無奈地回。

「你愛現在擁有的一切？」吳以恩質問。

「那是因為這些值得愛。」南思遠回答。

「這些原本都與你無關，拋棄真正與你有關的，只為了享受這些？」吳以恩鄙視的語氣。

「我從來沒有拋棄什麼……」南思遠悲傷地回答。

「你拋棄以書……和我。」吳以恩總是如此悲憤地指責他。

「我沒有……」南思遠低下頭埋在掌心裡哭泣，他與自己爭辯了好多年，有時看似贏了，他卻不想贏，為什麼自己才是誤會自己最深的人？他翻遍了書都找不到方法，不想趕走吳以恩，也不想捨棄在新家學會如何去愛的南思遠。

疲憊地踏出房間就見魏冬瑤轉身對他揮手呼喊：「再不來我都快吃光了！」一手拿了焦糖奶茶給他，上面已經插好吸管，還不忘說：「我沒偷喝喔！」

看著吸管上沾著薄薄一層油分明偷喝了，南思遠隱隱一笑，喝了一口，甜膩的焦糖香味的確和焦糖瑪奇朵的焦糖一樣，卻少了咖啡微苦的香氣與尾韻。

「好喝嗎？」魏冬瑤好奇地問。

「妳不是喝過了嗎？」

「……哪有！」魏冬瑤心虛地別過頭，作勢拿甜不辣給他，想轉移焦點，沒想到南思遠依舊用可疑的眼神端詳她，她只好扁扁嘴辯解：「這個我真的沒偷吃，看也知道！」

南思遠看向旁邊的叉子數量，說：「我信，因為妳買了兩串？」

「對啦！不行嗎！」

「行！妳今天會議表現很好，多一串當加班費。」

「哼！就算新品暢銷也沒我的份，只有一串甜不辣……」

「那妳還想要什麼獎勵？」

「也沒想要什麼，我什麼都不缺。」

「真好命。」

「這三個字從你嘴裡講出來不合理。」魏冬瑤吃飽之後藏不住睡眼惺忪，靠在抱枕上。

「會嗎？妳不也覺得總裁人生『不美好』？」

「隨便講講而已，你還真會記恨！」

「那不是記恨，只是忘不了。」

「為什麼……」

南思遠沉默了好一陣子。

「因為……妳說的對，所以忘不了。」

當他說出這句話的時候，回頭才發現原來那人已經抱著枕頭、歪著腦袋睡著了。苦笑著慶幸她沒追問為什麼不美好，他還沒有勇氣說出那些暗無天日的過去。

※

另一邊，齊寶哲在暗無天日的房中看著電腦螢幕裡，他們一同出國在機場被偷拍的照片，驟然冷笑說：「竟然真的在一起……」

事情沒照他預想的發展，高傲的面子頓時像被撕去一塊，詭異的笑正掩飾著他心底的不服氣。

齊寶哲是萬生製藥二代老么，兩個兄姊都比他有用、比他被看重，媽媽作為大老闆的小三，為了爭寵花費在外貌的心思大過於關心他，似乎早就對他不抱期待，放棄母憑子貴的可能。

這一切都讓他覺得自己只是被遺留在競爭邊緣，可有可無的存在。

這會兒連自己的爆料也被南思遠冷處理，所有被漠視的感覺讓他在自嘲之後燃起一絲羞憤，一如引線，牽連著多年來埋藏於心底的火藥……

「既然贏不了兄姊，至少必須贏他。」殺氣滿溢的齊寶哲如此心想，決定將瓦解南思遠擁有的一切，作為自己最新的任務。這也是他豁出去的投注，打賭瓦解宿敵之後，自己能被父母看見。

三章・遙遠之間

【遙遠之間的單位，可能是開始思念的某一秒，可能是無法擁抱的距離。】

不知不覺，南思遠的新房客也變成了新同事，每天從公司帶回來的公務，時常會找魏冬瑤討論，起初魏冬瑤誤以為南思遠別有目的，才用公務當作話題，但他認真到廢寢忘食的程度足以證明……他根本沒有其他的企圖。

「包裝的部分我想了很久，樸實沒有不好，但不足以鶴立雞群，妳有其他想法嗎？」晚餐時段，南思遠視線剛從電腦螢幕離開，就急著徵詢魏冬瑤的意見，她嘴裡還有吸到一半的麵條……對他等待答案的視線感到尷尬。

「不能先吃晚餐嗎？」魏冬瑤吞下那口麵，很困擾地說。

「喔。」南思遠這才把電腦移到旁邊，沉默地把那碗麵吃完。

「不過我到底要住到什麼時候才能回家？」魏冬瑤不耐煩地問。

她住進這裡之後，發現自己根本是打掃煮飯的幫傭，南思遠從來不管家事，衣服送洗、家裡請人打掃、吃外食，冰箱裡只有水和飲料……前幾天她甚至被一早來打掃的陌生大嬸嚇到！

「我目前的計畫是新品牌發表時，一起說明妳跟我出國只是基於公務，並非他們所說的那種關係。」南思遠一如談公事的嚴肅神情，語氣顯得有些無情。

「那也太久了吧！」

「很快，沒意外的話所有細節會在秋季定案，開新品發表會。」

「你就是為了這個廢寢忘食嗎？」

「當然，我也不希望妳一直住這裡。」南思遠說完，赫然發覺自己的話有點不盡人情。

「講的好像我住你家，你比我還困擾喔？也不看晚餐是誰準備的，哼！」果然，魏冬瑤誤會他的意思，端著碗離開餐桌。

南思遠只是覺得她的家人應該更期待她早點回家……猜想她寄人籬下的心情肯定不好，不過魏冬瑤本就過著隨遇而安的日子，況且「家」會一直在那裡，她一點也不覺得這樣出來「玩」一趟有什麼不好。

「我不是那個意思……」南思遠跟著起身想解釋什麼，跟到廚房才發現她只是要洗碗而已。

「你的碗呢？拿來。」魏冬瑤抬頭看了他一眼，沒有一絲不悅，還晃了晃手掌催促他。

「喔。」南思遠回頭去拿碗，困惑心想：「……我不用解釋了嗎？」

洗好碗筷魏冬瑤才回到沙發上，下巴靠著抱枕沉默不語，若有所思。

「我剛不是那個意思……」南思遠端詳她的表情，最後還是覺得應該解釋，坐在她身旁說：「我是說……」

「你是說包裝樸素沒特色對吧！」

「嗯？」南思遠愣了一陣，才恍然大悟她剛才的沉默不語，是在思考晚餐時討論的公事，連忙點頭說：「喔，對啊。」

「你知道有些國家推出無包裝超市了嗎？」

「無包裝？」南思遠蹙眉心想：「保養品怎麼可以無包裝？」

「保養品裸裝在大桶子裡，讓消費者自己拿容器來裝，我覺得這樣不錯啊！又環保。」魏冬瑤的建議好美、好天真，要實行起來可不容易。

「那如果消費者容器不乾淨造成保養品變質，反而怪我們售出劣質產品呢？」好不容易能獨處聊天，可惜南思遠又不自覺陷入公事，專注於思考利弊。

「那就由店家提供消毒容器的機具啊！，紅外線、高溫殺菌什麼的，打耳洞的店就有類似的機具。」

「嗯……」南思遠開啟電腦敲打著這些點子，一面又問：「那通路就只能限定實體店面了吧，網路美妝市場不能不加入。」

「設計基本包裝時，可以參考市面上那些插畫聯名限量款包裝，消費者在網路上買了那些產品，用完了之後就可以到店面回購裝填保養品，省錢又用自己喜歡的罐子不是很開心嘛！」魏冬瑤嚮往的眼神不言而喻。

「呵呵。」南思遠知道此刻的她只是在形容心中的理想，即便如此，如果有能力實現這樣的理想，的確能成為美妝界的震撼彈。

「笑什麼？無包裝就是指工廠裝填到小包裝前的狀態，縮小規模後送到店面，就像飲料店桶裝的內容物再由店員分裝給回購的顧客，以秤重或桶中減少的C.C.數計算價格，很難執行嗎？」

「妳……連這些細節都想了？」南思遠還以為她只是講出美好的理想，不去管實際操作會遇到什麼問題，沒想到她的理想也不是毫無根據。

「對啊，我爸說要完成人民對公家機關的期待是很難的，但如果真能做到會很有成就感，因為他實現了人民的理想。」魏冬瑤說起家人，眼神中不禁充滿崇拜。

「我知道了。」南思遠淺淺一笑，才明白她真的無比幸運，生在那樣的家庭，擁有那樣的家人，讓她深信所有美好的理想都有機會實現，理想的難度越高就越有必要實現。

因為……越多人不相信理想可以被實現，就證明越多人嚮往理想被實現。

一如越多人不相信天堂，就代表越多人嚮往前去那座根本到不了的天堂。

魏冬瑤看他提起電腦走進書房，忍不住提醒一聲：「早點睡啊！」就像魏媽媽總是在她熬夜看韓劇時如此叮嚀，雖然她從來都沒因此關掉韓劇早睡過……

但有些話，就是不可或缺的，點綴著人生。

一周後，媒體不再大批守在魏家門外，忙著追逐新消息。

魏冬瑤覺得是時候回家了，實在有點想念每天被父母規定這個、碎念那個的日子，況且南思遠整天忙著工作，對生活中出現了任何人都顯得漠不關心。

魏冬瑤一邊打包行李，一邊心想：「他忙到連寂寞都能忘記了吧。」突然對南董感到同情，這兒子多久才打一通電話關心他？或是見了面永遠只有工作上的話題？

沒錯……她猜的完全正確。對這兩個男人而言，寂寞是什麼？早已不是能察覺的「問題」，而是他們現在的「生活方式」了。

當魏冬瑤拖著行李箱走出房間，南思遠甚至沒發現她就站在眼前。

「我也差不多該回去了，真相在發表會講一講就沒事了吧？」

「回去哪？」南思遠抬頭頓時忘記魏冬瑤還有家人在等，赫然發現自己把她的存在當成理所當然……不可置信地看著她，心底一陣慌。

「當然是回家啊。」

「嗯……」南思遠低下頭掩飾眼中的失落，也慶幸魏冬瑤沒有追問剛才的語病從何而來。差一點，他就把魏冬瑤當成那個房間原本的主人。

「感謝妳這陣子提供的意見，抱歉讓妳在這裡住那麼久，也沒招待妳什麼……」南思遠起身，揚起嘴角的弧度有些勉強。

「別這麼說，其實我覺得……比起招待我，你更應該好好照顧自己。」魏冬瑤這些日子終於見識到「獨立」的真正樣貌，原來是如此寂寞。

忽然間，她真正想念家人了，有人依賴原來是一件這麼該被珍惜的事。

「好……妳也是。」南思遠眼神飄忽了好一陣子才擠出這句話。

分別的前一刻，沉默的氛圍像海水不停倒灌，恐怕再下去會令人窒息，他們才紛紛掙脫離去。

「那我先走囉。」魏冬瑤先揮手道別，轉身，離開。

關上大門的瞬間，南思遠跌坐在沙發裡，心底湧起無法解釋的酸楚，腦袋開始悶痛。分別的前一刻、皮夾裡的照片，那一幕是他無法挽回的遺憾，沒有能力留住僅有的家人，從此掛上不同姓氏與名字，過著陌生人般的日子……

他深知魏冬瑤不是替代品，沒有義務代替誰的位置，只是不知道為什麼她的出現總是不停提醒遺憾的存在，彷彿每分每秒都在指責他當初的無能與懦弱。

隔天，他在郵局的信箱裡拿到一張明信片。

「嗨，向晚先生！」

「我真的來韓國囉！看郵戳就知道了吧！我告訴你一個祕密吧！」

「我好像喜歡上一個離我很近卻覺得很遙遠的人（當然不是你），為什麼覺得遙遠？或許不是因為他的身分，而是因為就快要看穿他的時候，我卻不被信任。」

「哈，跟你說這些幹嘛！附上一條韓國好用護唇膏當土產，冬天應該用的上！——冬瑤」

『為什麼覺得遙遠？或許不是因為他的身分，而是因為就快要看穿他的時候，我卻不被信任。』

南思遠輕撫整齊的字跡，彷彿能讀出她寫下這些字時的表情，揚起嘴角是因為不小心明白了她的心，皺著眉是因為他沒把握下次可以百分百地信任她。

※

新品牌發表記者會，來了好多不請自來的媒體，誰都知道他們想問的重點是南思遠一直保持緘默的緋聞。

這天魏冬瑤也受邀出席，此刻和南思遠在辦公室會合，看著滿桌新品和目錄海報她已經感到無比期待，沒想到南思遠真的照她的理想去做最大實踐，推出第一波新品「純粹系列」以低價、低敏、低汙染的三低概念，想以此在眾多競爭者中嶄露頭角。

兩人一前一後準備進場，走進會場之前就被不請自來的媒體圍住，搶著發問的聲音疊加成一片噪音，南思遠始終沉著一張臉，直到忍無可忍才淡漠發話：「八卦問題我現在給你們問三個，進場之後不准再問與新品無關的問題，否則一律由保全請出去，請各位務必配合。」此話一出，噪音頓時消失。

「要發問的舉手。」語落之際，媒體紛紛拿出灌籃的實力，高舉著錄音設備。

「好，你。」南思遠憑直覺選了一家。

「請問與你一同出國的女子是不是魏小姐？」

「是，下一個，你。」

「聽說你與魏小姐出國期間住在一起是事實嗎？」

「是，下一個，你。」

「請問你與魏小姐的關係是什麼？」這問題一出，連魏冬瑤都不知道會有什麼答案出現，所有人靜默以待，空氣頓時凝結。

「她是這次新品研發的參與者。」南思遠說完，向旁邊使出一個眼神保全立刻上前圍成人牆，不給任何追問機會。

毫無意外的，緋聞焦點成為新品發表最佳宣傳踏板。

所有人都好奇的男女關係，被南思遠的回話營造成新品研發的內部秘辛，魏冬瑤頓時聲名大噪，幾乎成為半個代言人。

「這次飛皇製藥旗下最新美妝品牌「路西亞（Lucia）永恆之光」，首波主打產品「純粹系列」的三低概念由魏小姐提供，她代表消費者希望女性朋友追求美麗的同時可以減少耗費資源，希望有一種產品可以做到使消費者內外皆美。秉持這個概念，飛皇製藥發表最新藥妝系列商品，宣告踏入美妝市場……」南思遠淡定地發表這次產品概念，隨後交棒給女員工介紹產品成分、效果、價位……最後發送旅行組試用品給在場的參與者。

即便如此，邁出會場之外，還是有許多媒體等著追問八卦。

魏冬瑤正想趁大家都沒發現時，悄悄從後門溜走，只是剛推開玻璃門就湧上另一批候補人員，他們像是發現天上掉下來的黃金，睜大了眼拿起機具往魏冬瑤奔去！

「天啊！」魏冬瑤來不及回頭也跑不出重重包圍，無奈地和記者們面面相覷。

「妳跟南總這次合作是基於什麼交情，或有什麼交換條件嗎？」

「妳跟南總是否有其他祕密關係沒有公開？」

「妳跟南總合作，對父母的政治前途有什麼利益關係嗎？」

「聽說妳是南總與齊先生在夜店鬥毆的關鍵人物，是真的嗎？」

「妳跟南總與齊先生是三角關係嗎？」

「我……」魏冬瑤困擾地蹙眉心想：「剛剛不是都有答案了？為什麼還有那麼多奇怪的問題？哪來的想像力啊？」稍稍整理思緒後才怯怯回應：「抱歉……剛剛都回答過了吧，不好意思，借過……」

即便魏冬瑤禮貌婉拒他們的關注，記者手中的錄音設備依然沒有降低或拉遠，絲毫沒有要放走獵物的意思。

「外界很關心南總的感情狀態，這是他第一次跟女性友人走這麼近，我們不相信只是合作關係。」一名記者終於說出大家圍著她的真正原因。

「我跟他就只是合作關係，最多就是好朋友。」

「那請問魏小姐認為你們之間有發展成情侶的可能嗎？」

「妳是否也想嫁入豪門？」

「妳已經準備好成為豪門媳婦了嗎？」

魏冬瑤發現問題越來越遠，遠到連她都不曾思考過……忍住翻白眼的衝動，她的視線又開始向外飄忽尋找救援。

此時，南思遠被保全護送離開會場，途中問了好幾個人都不知道魏冬瑤的下落，照理說發表會成功她應該會跟員工們聚在一起討論慶功，怎麼就是找不到她的人？

正好有個保全從無線電得知魏冬瑤被記者團困在後門，並且隨著記者們互相通報，媒體有增無減……

好不容易來到休息室的南思遠，聽到消息後臉上表情驟變得嚴肅嚇人，他們從沒見過南思遠動怒，此刻簡直可以確定——他生氣了，而且是非常生氣。捏緊的拳頭落在桌上，發出的震動和聲響讓四周的交談聲頓時消失。

隨後他起身匆匆往魏冬瑤所在疾行而去。

來到所有媒體身後，他不顧眾人眼光，穿越人群擋在魏冬瑤之前。當下閃光燈以不可思議的頻率閃爍，南思遠毫無迴避，依舊冷漠地看著他們。

所有人都知道……這一刻南思遠的登場代表著魏冬瑤在他心目中的地位超群，因為自他上任以來不曾輕易出現在媒體面前，更別說是為了袒護一個女人。

「你和魏小姐是否有合作以外的發展空間？」

「你是否為了魏小姐與齊先生起爭執？」

「你可否說明你們三人之間的關係？」

南思遠沒有回答任何問題，保全逐漸增援闢出一個空間讓他們拉開後門，回到玻璃門後終於隔絕外頭的吵鬧，魏冬瑤心有餘悸地愣在原地。

「為什麼先走？」南思遠的語氣帶著明顯責備。

「我又不是你的員工，既然發表會順利結束，我的回饋任務也達成了吧！」魏冬瑤對於他的責備感到不服氣。

「什麼回饋任務？」

「感謝你出差去韓國還兼任我的保母，回國後還堅持報公費不讓我付飯店錢，現在我幫你完成新品發表，也算扯平了吧！」

「妳幫我這些只是為了扯平？」南思遠再次確認自己聽見的答案，不明白為什麼跟明信片裡說的不同，難道她喜歡的另有其人？

「對，不然你以為？」這個答案讓他的心頓時凍住，但是魏冬瑤只是延續他剛才的答案『她是這次新品研發的參與者。』心想：「我就只是個參與者，而已。」

然後就頭也沒回地離開這棟大樓，南思遠看著她的背影遠去，沒再挽留。

※

隨著電視廣告開始宣傳飛皇製藥最新美妝產品，魏家人不時稱讚魏冬遙想出來的概念真是造福消費者，她卻只是微微一笑，竟然沒有到處炫耀笑鬧一番，不像平常的她。

「怎麼了？」魏媽媽來到她房裡，沒頭沒尾地問起。

「我看起來像怎麼了嗎？」魏冬瑤反問。

「妳是我生的，掉一根睫毛我都能感受到。」

「誇張！」

「難道是什麼不能說的祕密？」

「也沒什麼。」

「妳……是不是喜歡人家了，但是發現人家沒那麼喜歡妳？」

「嘖，難道我真的掉一根睫毛媽都能感受到？」魏冬瑤似乎開始相信這麼誇張的說法，因為……那些她不想承認的心事都被說中了。

「那當然，妳知道為什麼嗎？」

「為什麼？」

「因為爸媽關心和妳有關的一切，這就是愛一個人最好的方式。」

「嗯……」魏冬瑤以為她只是趁機告白，還沒聽明白魏媽媽想表達的另一個意思。

「在我們看來，南總這孩子……並沒有妳想像的那麼冷漠。」

「嗯？」

「他跟所有人回答你們只是合作關係，是為了讓妳有選擇的權利，他擋在妳面前阻擋鎂光燈卻保持沉默，是因為不想替妳做決定。這些行為的背後藏著什麼感情，媽隨便想都知道答案，妳這笨孩子怎麼還誤會人家？」

「我哪有笨……」魏冬瑤嘟著嘴反駁，但心中還是不敢確定，畢竟這種說法看起來更像自我感覺良好的女孩在自欺欺人。

「說真的，媽也認識許多政商名流，卻沒看過像他這麼放不開的人，用嚴肅和客套謝絕所有想和他聯繫感情的人，除了妳以外，不是嗎？」

「是嗎？」

「是不是只有妳自己清楚，至少媽見過他一兩次的感覺是這樣，妳好好想想吧。媽覺得他這孩子的內心……孤島似的。」

「媽……」

「嗯？」

「妳好文青……」

「笨孩子！」魏媽媽用食指戳戳她的臉頰，笑著拍拍她的頭便離開房間。

『像他這麼放不開的人，用嚴肅和客套謝絕所有想和他聯繫感情的人，除了妳以外，不是嗎？』

「是嗎……」魏冬瑤拿起抽屜裡的相機，翻閱起旅途的回憶。

一幕幕畫面快速變換，她看見南思遠一開始嚴肅的神情，逐漸解離成日常可見的表情，或笑、或悲、或鬧彆扭、或無條件妥協的模樣，但這些不同的樣貌都讓魏冬瑤無法確認真正的他是什麼樣子，一如她始終無法確認他真正的想法是什麼……

倘若照媽媽所言，南思遠對感情的表現不明顯，對人的態度卻有很大的差別，這就是他刻意隱藏感情面的證據？那他又是為了什麼要隱藏感情面？

為什麼？

「為什麼？」魏冬瑤皺著眉不解。

※

飛皇製藥聲譽本來就不錯，純粹系列上市之後引起許多消費者關注，魏媽媽去上班也會跟同事炫耀那是她女兒提出的企劃，又拿出照片炫耀她女兒的皮膚有多好……沒多久就出現一張團購清單。

「欸，女兒，媽辦公室有人要團購三低那款，妳拿貨有員工價嗎？」魏媽媽推推魏冬瑤的肩，微妙笑著。

「我又不是員工……」

「那妳跟南總說一聲就有員工價了吧！說不定還有總裁價！」

「……妳這樣算不算官商勾結要特權啊？」魏冬瑤瞇著眼，一副媽媽犯法她會先壯烈檢舉似的。

「欸！媽是好心幫妳介紹新產品！」

「我又領不到錢！多暢銷都沒用啦！」魏冬瑤對她抱怨喊。

「嗨呀，沒想到我教出這麼自私的女兒，早知道就生一顆蛋煎來吃還比較營養，哼！」魏媽媽轉身還不忘瞪她一眼，團購清單也不忘放在她桌上，鬧脾氣也要逼對方使命必達。

關上門之後，魏媽媽露出一抹無奈的笑，她也年輕過，怎會不懂兩相猜疑卻都不願踏出第一步去尋找答案的後果？錯過，永遠都比宣告失敗來得令人遺憾。

魏冬瑤看著團購清單，為數不少，心想：「真的有那麼好用？」想起她在發表會之後也拿到一套完整的保養品，這才拿出來拆封，撲鼻而來的木質香氣跟目前熱門的招牌三低保養組不太相同。

細看才發現罐子上面寫著「冬好眠系列」外加一張小小的卡片，寫著：「祝好眠！——思遠」魏冬瑤冷笑一聲，深深感到自己被諷刺了！

因為這系列的香味就是南思遠枕頭、棉被、浴缸……常出現的味道，同時這些場景也正巧都被他發現魏冬瑤熟睡、瞌睡、昏昏欲睡的模樣。

魏冬瑤想起剛住進他家客房，晚上睡不著的時候，曾想過要潛進他的房間偷那罐精油來用，只是羞恥心制止她這種不良行為，頂多是偶爾趁南思遠出門工作，偷跑進他的房間睡午覺……

「那件事他應該不知道……吧？」魏冬瑤撐著下巴，擔心這麼沒禮貌的事情被發現會太丟臉，自我安慰地心想：「我除了滾床，其他東西都沒碰……應該沒發現！嗯，放心！一定沒發現。」她點點頭，充滿自信。

她卻忘了，有一支小鹿造型的小毛夾不見了，怎麼也找不回來，最後說服自己是丟在韓國的飯店裡，不再尋找。

其實，那支髮夾在某個夜晚，戳到南思遠的腦袋，惺忪之間他在枕頭附近摸索出這支小鹿髮夾，那一刻他腦海浮現出魏冬瑤吸鼻子的模樣，心想：『看來……她真的很喜歡這個味道。』

正好當下有一套產品打算加入香味，他便決定拿自己常用的配方給調香師研製。這套尚未公開的產品打算冬天才發布，此刻魏冬瑤是第一個拿到好冬眠系列的人，她卻以為別人也拿到正品容量的試用品。

※

自從那次發表會後，他們沒有任何交集。

南思遠坐在辦公室裡，指尖轉動那支小鹿髮夾，若有所思，直到祕書的聲音喚回他的思緒……

「總經理，實體店面的準備需要你去現場做最後勘查。」秘書嘴角總是隱隱上揚，垂在臉龐的滑順長髮、整齊的劉海、乾淨的妝容，都有著模特兒標準，可是這個總經理卻從來沒跟她提出公事以外的要求。

「潤筠……」

「是？」

「妳……幫我問一下魏小姐有沒有空，因為實體店概念是她提出的，有必要讓她一同勘查。」

「好。」

「我的時間妳決定，配合她就好。」

「了解。」潤筠退出辦公室，淺笑心想：「看來總經理果真喜歡魏小姐。」

潤筠在進入飛皇製藥之前是萬生製藥的總機小姐，但是因為齊寶哲很愛騷擾女性員工，尤其對她這種天生條件好的類型更是糾纏不休，逼得她只好辭職。

之後過了好一陣子不穩定的生活，拍攝平面廣告賺一些零用錢，甚至有賣衣服的朋友看她漂亮，送她幾件衣服就請她免費替自己的店拍了一套服裝照……

她過著不斷吃暗虧的日子，真的厭煩了。

天生條件好的外貌在別人眼裡是優勢沒錯，應該知足，但這些被占便宜的困擾不斷出現在生活中，為什麼她總是得不到常人應有的尊重？

當她逐漸對自己的生活感到疲乏之時，某一天在拍攝平面廣告現場遇見一臉嚴肅的南思遠，工作中的神情沒有一絲玩笑、懈怠，對下屬的要求耐心且明確地告知，所有不慎發生的小意外都不會以責備處置，而是講求彌補的效率。

潤筠也是用這樣的態度面對工作，卻因為她的外貌優勢，別人都以為她面對工作的態度無比輕鬆，游刃有餘？不……就因為天生麗質，人們以為她能輕易獲得各種就業機會，沒有人在意她對工作投入多少研究和了解，並不是外貌天生麗質就能在職場中表現得從容不迫。

於是在那天之後，她下定決心去投履歷，準備去應徵飛皇製藥職缺。

面試時，所有人都以為她的目的是來嫁入豪門，當南思遠最後真的選擇她作為秘書時，公司流言滿天飛，隨著時間經過一年、兩年，到現在所有員工都明白她是個什麼樣的人，也知道他們的總經理跟萬生那幾個高層主管不同，南思遠只愛工作到令人擔心的程度。

那時，許多員工私下都對他為了公司寧願孤身一人感到同情……

『真是的，偶爾像齊公子那樣玩一下也不錯啊！』

『是啊！真擔心南總悶出病了！』

相對於最近員工私底下的談論，顯得輕鬆有趣……

「魏小姐還不錯吧，家世單純人又聰明！」
「講的好像我們在幫南總挑媳婦！」
「哈哈，還真是皇帝不急急死太監！」
「你才是太監！」
關於這些轉變，潤筠倒是樂見其成，只是她還沒敢告訴不問八卦的南思遠……其實大家都看得出他們兩個人之間的牽絆，早就不只是合作夥伴。

※

魏冬瑤接到潤筠的電話感到有些意外，因為她以為自己已經正式功成身退了，還在思考要開始接些外文書的翻譯案。
「南總希望魏小姐能出席實體店面最後的勘查工作，冬季就要開幕了。」
「我是可以去啦，現在也還沒開始接工作，不過……」魏冬瑤只是怕見面尷尬，絲毫沒想過酬勞的問題。
「關於合作關係，南總擬定一張合約，妳簽了之後就是美妝部的約聘顧問了，之後會發薪水、紅利……等，並且有正式的員工證方便妳出入公司。」
「真的？怎麼突然這麼……」

「其實南總在妳去韓國之後就有跟我提到約聘合約的事情，但是因為那陣子趕著發表品牌，無暇顧及，還請魏小姐見諒。」

「喔，沒關係啦！」魏冬瑤聽她這樣說反而不好意思，趕緊答覆她：「那妳看約什麼時候再通知我。」

「沒問題，到時見。」

「到時見。」

結束通話後，魏冬瑤拿起那罐木質香的乳液，撐著下巴發呆，心想約聘合約簽下去，再尷尬都要待在同一個會議室開會了吧……

「冬季啊……快了呢！」但是她卻有著莫名的成就感，或許她除了埋頭於異國文字之中，也樂於企劃一件有助於他人的方案。

一想到無包裝的自填充實體店面推出後，可能造成其他同業仿效，這波流行將會減少許多包裝垃圾，似乎意識到自己做了件偉大的事，真想舉雙手歡呼！

「冬瑤！媽給妳的團購清單備貨了沒？」魏媽媽拖地拖到門外探頭一問。

「快了啦！」

「喔，那就好。」魏媽媽拖了一圈，轉出房間。

※

隨著飛皇製藥純粹系列三低概念保養品無包裝店面討論度上升，加上南思遠這個媒體寵兒沒斷過的緋聞關注，讓新品牌省了不少宣傳費。

看著這些報導，齊寶哲狠狠將報紙揉成一團砸在地上，聽說這一季因為飛皇製藥加入美妝市場，萬生製藥齊下的美妝部業績也跌了幾個百分點，雖說他們家的美妝產品本來就屬冷門，也是經營者沒多用心造成的，不能怪到競爭者身上。

但是齊寶哲不管這些，滿腦子都是卑劣的手段，這些手段都是跟死命競爭的父母兄姊學來的。

齊寶哲計畫找個網美來偽造負評降低買氣，不久便從網路上找到一個皮膚問題本來就很嚴重的女孩，要她把照片裡的皮膚修整成光滑美麗的模樣，作為「使用前」的照片，隨後讓她自己拿出近日火紅的純粹系列，拍出使用過程，敘述心得。

一開始都是稱讚質地不油膩、清透、好吸收，但時隔三日，就放上她一臉紅腫的照片，控訴用了純粹系列造成嚴重過敏！奉勸大家不要輕易嘗試。

即便真實度備受質疑，但消息很快就在各大論壇傳開，消費者在眾多相似產品當中，自然不會去選擇有一絲風險的新品。

純粹系列在一周之內業績大幅降低，最後停滯不前，新聞開始抄那篇心得大肆報導，無關緊要地奉勸消費者購買這一類產品要多爬心得……等，看似為觀眾著想的字句，卻狠狠打在魏冬瑤心上。

「怎麼會這樣？」心一急，她不顧與南思遠之間有著什麼尷尬情懷，連忙打了通電話給他，只是他此刻也和員工召開緊急會議，無暇接聽。

「嘖嘖，這種新聞一出，我怎麼敢推薦給同事……」魏媽媽飯後一邊剝橘子一邊和魏爸爸抱怨：「一堆貨還在家裡，團購恐怕要退錢了，唉……」

魏冬瑤一下樓就聽到媽媽這麼說，猜想：「該不會那些消費者都有同樣的疑慮甚至跑去辦退貨了吧！這樣一來，第一波低價策略怕是連成本都賺不回來……」既然計畫是她提出的，遇到危機總不能置身事外，連忙拿了包包搭車往飛皇製藥辦公大樓而去。

雖然還沒拿到員工證，但是員工們看見她出現都莫名友善接待，不一會兒她已經順利來到會議室門外，不顧裡面如火如荼地討論應對方案，她一開門頓時一片回歸靜默，目光都集中在她身上，連南思遠也詫異她的出現。

「妳……怎麼來了？」南思遠問出大家心中的疑問。

「新聞那麼大！不是要我當顧問嗎，現在不來何時來啊？」魏冬瑤說完，離南思遠最近的員工就空出自己的位置，微微一笑請她入座。

「妳對此事有什麼想法？」南思遠雖然見到她，臉上卻沒有一絲笑意，他一點也不希望這個風波把她捲進麻煩。

「你們討論到哪？」魏冬瑤看了大家一眼，堅毅的眼神不輸專業領導人。

「這新聞是個案特地被渲染，有必要找出當事人，我們認為有人故意放出不實心得，攻擊我們的新產品。」莫莉回答。

「誰會這樣做？」魏冬瑤還不了解商業鬥爭，不敢想像有人真的會去做這種抹黑，至少在新聞出現的當下……她只想關心那位過敏的顧客。

「當然是萬生製藥啊！他們美妝產品超冷門，我們買來做過分析，有效的成分少的可憐，價格又偏中高根本沒人會買，現在看我們也跨足這個市場就忌妒！一定是他們做的！」眼鏡男氣憤地說。

「但是……」魏冬瑤心想：「怎麼沒人想關心一下那位過敏的小姐？」

「想辦法揭發他們心得造假啦！」眼鏡男忍不住喊。

「就是說啊，我們飛皇跟其他同業關係都算友好，用膝蓋想都知道只有他們萬生會出陰招。」連宅宅都開口了。

南思遠靜靜聽著大家吵鬧沒個結論，淺嘆一聲，視線回到魏冬瑤身上，又問一次：「妳有什麼想法？」

「我啊……」魏冬瑤一開口，所有員工都很有默契地靜了下來，這反倒讓她感到緊張，猶豫著該不該說出跟大家相反的意見。

「說吧，這裡沒人會像媒體那樣圍剿妳。」米羞對她開玩笑說。

「對啊，魏小姐的想法比較接近消費者，我們都是老職員了，習慣站在發行者的立場思考，妳就放心說吧！」莫莉也跟著解釋。

「可能……是對方抹黑。但我想保養品這種東西本來就是看個人膚質，說不定真的有人產生過敏症狀，我希望公司能重視消費者勝過重視同業競爭手段，既然是以製藥成家，應該有診治對方症狀的人才，不如就將她請來，用團隊的力量替她處理好過敏問題，再以專題報導的方式給社會大眾一個交代，如何？」

「魏小姐超貼心的……」平常也注重保養的莫莉看著她的眼神有些崇拜，忍不住嘀咕：「如果保養品過敏有這種售後服務，誰受的了！必買啊！誓死成為忠誠客戶！」

「呵呵。」大家一陣發笑，南思遠也終於露出一抹笑意。

「做成專題報導的部分還需要評估，首先希望各位聯絡到那位女客人，接待她見過醫師和研究員，評估之後再決定要賠償或做改善專題。」南思遠最後做了總結，說：「還有異議嗎？」

大家面面相覷不發一語，大概是贊同了。

「那散會吧。」

「總經理也早點休息吧。」

「危機變成轉機了，魏小姐真是神燈欸！」員工們紛紛拍她的肩說，魏冬瑤不好意思地微笑揮手道別。

直到所有人都走光了，南思遠的視線停留在她身上。

「晚餐吃了嗎？」南思遠語氣一如往常，彷彿他們之間從來沒有發生過該尷尬的事件。

「在家吃了。」但是魏冬瑤還記得那些事，多日沒見，她還是忍不住躲避他的視線。

「真羨慕，那要陪總裁吃飯嗎？」

「……」魏冬瑤聽那輕浮的提議，忍不住瞪了他一眼。

「順便跟妳談一下實體店面的事情，還有約聘的酬勞。」

「喔。」魏冬瑤看了看手錶，心想：「那就順便去吃宵夜好了！」

驅車來到一條巷子，車開不進去只好停在外面走路進去。

巷弄路燈殘破黯淡，魏冬瑤四處張望有些不安，她怕的不是暗巷歹徒，而是突然竄過腳邊的老鼠。

「呃啊！」有個黑影跑過眼前，魏冬瑤嚇得跳起來，站遠了才發現黑影中的警戒眼神，鬆了口氣嘀咕道：「是貓啊……」

「不然妳怕什麼？」南思遠停下腳步，回頭等著答案。

「老鼠……」魏冬瑤降低音量，深怕老鼠聽到人們呼喚會結伴出現的傳說是真的。

「呵。」南思遠低笑一聲，向前邁步。

「有什麼好笑的，那你怕什麼？」魏冬瑤秉持著公平交易原則，也要問出他怕的事物。

「怕什麼呢……」南思遠的腳步再度停下，站在閃爍不停的路燈之下，回頭淺淺笑著告訴她：「怕妳不見吧。」最後一個音節結束時，那顆燈泡正式宣告燒毀，四周一片暗淡，南思遠看不見她的表情產生什麼變化。

魏冬瑤卻站在逆光的位置，靠身後傳來的微弱光線，看見他不安的眼神。

「我又不是小孩，沒那麼容易不見，放心吧！」魏冬瑤若無其事地拍拍他的肩，走向不遠處的清粥小菜招牌。

小吃攤充滿交談的細碎聲音，只有他們這桌各自靜靜吃著，心中明明都有些話想講，卻都不知該從何說起……

「那個……」魏冬瑤先開口，但又支支吾吾。

「嗯？」南思遠停下筷子，等著聽她想說什麼。

「如果這次負評風波真的又是齊寶哲造成的，你有想過要怎麼防止這種事情再發生嗎？」沒想到魏冬瑤只是想跟他講公事。

「不用管他，除非我失敗了，否則這種鬥爭不會停止。」

「這樣啊……」魏冬瑤以為一定會有辦法解決，既然他都這樣說了，恐怕的確沒什麼辦法能解決他們之間的敵對關係。

「我只希望他的手段不要波及到無辜的人就好。」南思遠語重心長地說。

「例如？」

「例如那個被他收買寫下負評心得的人。」南思遠斬釘截鐵的語氣，似乎有所根據。

「難道……你已經有證據了？」

「我前幾天找到那位小姐的個人臉書，她在純粹系列上市之前皮膚都靠化妝和修圖軟體美化，靠寫心得拿錢和贊助品，開了一個社團私下打折售給親友。」

「……那你開會的時候為什麼不說？」

「這是那位小姐的私事，既然她也是被人利用，我沒必要對她落井下石吧。」南思遠拿出零錢在桌上計算，真不像總裁會做的事。

「所以你才說專題不容易嗎？」

「妳太天真才以為她只是單純的消費者，但妳知道……大部分會客訴的消費者都抱著什麼心態嗎？他們就是要值回票價的——賠償。」南思遠嘆了一聲，說：「企業不只要防止同業相殘，同時也要防止消費者的索賠手段。」

魏冬瑤此刻終於知道他為什麼時常有著草木皆兵的警戒神情，原來他眼中的世界，充滿了爾虞我詐。

「那你為什麼還要認同我的提議？」

「因為妳的提議會讓品牌形象趨近完美啊！」南思遠對她揚起嘴角，似乎連眼角都在笑著，向茫然的她解釋：「妳說的對，製造問題的廠商，願意替困擾的人解決問題，是所有消費者嚮往的服務，但是目前誰敢去做呢？」

「可是你不是擔心會有貪小便宜的消費者，想趁機敲詐一筆賠償嗎？」

「所以如果對方同意，我決定以特別活動的方式，呈現這次解決問題的過程，證明我們的態度和誠意，挽回消費著的信心之後，還是照老規矩來。」

「好奸詐……你只是做個美好的假象化解危機？」

「是，我不否認。」南思遠起身，跟老闆娘結完帳便離開那間小店，似乎不想被看見他無奈的神情。

秋天的夜風已經令人感受到初冬的冷冽，魏冬瑤的思緒在低溫中變得清醒，意識到自己天真過頭，以為理想只要有錢都有被實現的機會，以為實體門市以後說不定還會配合膚質診療，替消費者選購最適合的套組。

但是南思遠從沒想過要花費那麼高的服務成本，他不是公務人員只是個商人，為民服務從來都不是公司的宗旨，倒是魏冬瑤在公職父母教育之下，根深蒂固的為人著想也實屬難得，令他佩服。

魏冬瑤一路安靜地反思，卻讓走在前頭的南思遠感到不安，頻頻回頭注意她有沒有跟上，偶然發現她若有所思的模樣，他開始質疑這次是自己做錯了……

「我知道妳想實現的消費環境，但是……」南思遠還在想該怎麼解釋才好。

「但是台灣的環境還不適合，對吧！」魏冬瑤搶先說出他心底的答案。

「嗯……」

「你說的沒錯，是我把人性和事情想得太簡單了。」魏冬瑤點頭，眼底藏著許多失落。

「但這就是妳讓人喜歡的特質。」南思遠伸手輕拍她的頭說：「所以我要這個品牌擁有這種特質。」

「喔，難怪要我當顧問。」魏冬瑤還沒發現這個人已經在跟她告白，還誓言要建立一個和她一樣討喜的品牌……

「呵。」南思遠沒打算把話給說白，因為他連她遲鈍的覺察力都喜歡。

「哈啾！欸……你車到底停在哪？」魏冬瑤蹙眉質問。

「快到了，都秋天了妳為什麼還是穿無袖……」南思遠一面碎念一面脫下自己的西裝外套披掛在她身上。

「喔！深藍色襯衫！」魏冬瑤認得他身穿這件，是去韓國買送他的襯衫，因為領子上面有小小的金屬扣子。南思遠見她瞪大了眼只是隱隱一笑，沒多說什麼，卻因為她還記得這點小事感到一絲竊喜。

「對了……」穿好過大的西裝外套，她突然想起那套冬好眠系列保養品，好奇地問：「純粹系列無香味，那潤筠給我的那一組為什麼有香味？」魏冬瑤又抓起西裝聞聞，蕾絲上衣突然被某個東西勾住，她只好停下腳步低頭察看。

「因為……」南思遠還在想要怎麼解釋。

「啊——！」魏冬瑤大叫一聲，發現勾到蕾絲上衣的……就是她的小鹿造型小毛夾！連忙羞愧地掩面蹲下，哪都不去。

「怎麼了？」南思遠還不知道她看見夾在內袋的小毛夾。

「別過來！」魏冬瑤伸出手掌擋著不讓他接近，心裡只有三個字不斷播送：「好丟臉、好丟臉、好丟臉……」

就這樣僵持了兩分鐘，魏冬瑤才緩緩起身，拿出那支小毛夾向他質問：「你撿到幹嘛不還我！」

「哈哈……原來是這樣。」南思遠終於明白她剛剛為什麼有那種反應。

「煩欸！什麼冬好眠，真的是很用心在諷刺我欸！」魏冬瑤惱羞地指責他，還把西裝外套脫下來還他，說：「你乾脆四月一號發表好了！」

「呵呵……」

「還笑……」

「偷睡別人房間還那麼兇。」南思遠揚起嘴角說。

「吼！還以為夾子掉在韓國，這隻麋鹿超可愛的，還好找回來了。」魏冬瑤好生收起那支小毛夾，回頭瞪著他說：「所以那個系列是整我而已吧？不是真的要發行吧？」

「實體店面開幕同時上架販售，誰跟妳開玩笑？」

「騙人！」

「妳不喜歡？」

「是還不錯啦……可是你研發產品的由來應該不會亂寫吧……」魏冬瑤擔心自己一世英

明？就被一罐保養品給毀了。

「還不簡單，這件事就只好變成我們之間的祕密。」

「不公平吧，我又不知道你的祕密，這樣我吃虧欸！」

當魏冬瑤停下腳步要跟他討價還價時，天空飄下一枚紅葉。轉身就發現他們站在一座公園旁邊，原來南思遠沒有照原路走回去，反而繞了一大圈。

「那我告訴妳一個沒人知道的祕密。」南思遠的話聲拉回她的視線。

「好啊！」魏冬瑤眨眨眼，等著聽他無人知曉的祕密。

只見南思遠靠到她耳邊，說：「我好像……愛上妳了。」

隨後重新替她把西裝外套披上，退了一步，一雙溫柔的笑眼不想錯過她臉上一絲情緒轉變，魏冬瑤腦袋一片空白，愣了好一陣子。

最後只吐出兩個字……

「所以……？」

「所以……不會做任何傷害妳的事，包含妳的名聲，這樣妳放心了吧。」南思遠無奈笑著解釋。

「喔！那我就放心了！」魏冬瑤點著頭，蹙眉追問：「你的車到底停在哪？」

「快到了，真的。」

※

黑車來到魏家門口，魏冬瑤將外套還回去，微微一笑揮手只說了：「掰！」就毫無留戀地轉身回家。

她不過是第一次經歷這種事，不知道該怎麼應對而已。

「回來啦？開會有救嗎？」魏媽媽劈頭就問重點。

「有啦。」

「那就好。」

「我要洗洗睡囉！」

「好喔，晚安。」魏媽媽視線凝結在電視螢幕，正在看最新上檔的偶像劇，總裁這種萬年不敗的題材又回來了呢。

魏冬瑤待在房間裡，一頭濕髮包在毛巾裡就開始看著那支小鹿髮夾發呆。

「真糟糕……好丟臉！」沮喪的放下小鹿髮夾，耳邊不時傳來他告白的字句，嘀咕著：「他是開玩笑的還是說真的？」

「冬瑤，今天有妳的信。」魏爸爸拿了張明信片來給她，順便叮嚀說：「快去吹頭髮。」

「喔。」放下那張明信片，吹風機的聲音暫時覆蓋了那句告白，魏冬瑤一邊偷瞄明信片裡的文字。

嗨！最近有點忙，現在才有時間回信，妳應該不介意吧。

說真的我好失望，妳喜歡的人竟然不是我，不過還是祝福妳，是說……那個人知道妳的心意了嗎？還不知道的話，我還是有搶贏的機會吧！

謝謝妳的土產，我會好好使用的。（嘟嘴）——向晚

「真是……根本無賴。」魏冬瑤似笑非笑地看著那封信，梳整好一頭亂髮，把明信片好好收進盒子裡，算一算也不少張了呢！不知不覺就跟一個陌生人交流那麼多信件，想來自己都覺得不可思議。

但是一想到南思遠對這世界的見解，難道好人真的沒有她想像中那麼多嗎？難道那位靠造假圖片做工商宣傳的網美真的那麼壞嗎？突然無暇去想告白要怎麼回應，開了電腦就開始查這女孩的底細。

沒想到還沒開始查，就發現來自南思遠的電子郵件。

裡面是那個網美的生平來歷，秘書花了幾天的時間去蒐集這些資訊，證實了南思遠的直覺沒錯，這位女孩因為皮膚的問題沒有穩定工作，面試總是失敗，沒有錢買更好的產品護膚，使用偏方讓肌膚惡化，最後只好靠造假修圖來騙取廠商的錢和贊助美妝保養品，不好用的就打折轉賣給社團裡的親友，還能小賺一筆。

看著從網路上蒐來她高中大學時的照片，不懂保養造成肌膚惡化，加深她的自卑感，從頭到腳都散發出自卑的氣質，彷彿在跟所有人說：「不要看我！」

魏冬瑤不禁替她感到心酸，在這個審美主觀的世界，即便擁有美麗表象的人也有著許多不為人知的困擾，但是沒有美麗表象的人，更是過著被人藐視的日子，常人抱持的希望，對他們而言或許都成了絕望。

隔天一早，魏冬瑤已經坐在總裁辦公室裡等他出現。

南思遠開門的瞬間發現有人比他早到，不禁詫異地看著她。

「早！」魏冬瑤精神奕奕地喊。

「……真的有點早。」

「我看了信。」

「信？」南思遠瞪大了眼，不過肯定不是他想的那封信（明信片）。

「那個寫負評文章的女孩。」

「喔。」南思遠才剛坐下，就有員工送文件進來。

「總經理，關於這批新藥工廠那邊說……」走了一個又來一個：「總經理，合作方談批價希望能降價……」以為終於有空了，又換潤筠出現提醒他行程：「下午有董事會議要詢問這次危機解決方案，以及視察實體店面……」

「我知道了。」南思遠靠在椅背上，疲憊地戳著腦袋，還不忘對魏冬瑤說：「抱歉讓妳等那麼久……妳應該先跟我說一聲，我好安排時間給妳。」

「吃午餐談吧。」魏冬瑤才剛起身，卻不見那個人有動靜。

「我沒什麼胃口，妳先去吃吧。」

「那訂外送？」

「妳去吃，然後幫我買一杯摩卡回來。」

「怎麼這樣！」

「謝啦！」

魏冬瑤匆匆買了兩個便當和咖啡就回到辦公室，看見他趴在桌上睡著了，彎身在他旁邊端詳許久，也不知道該不該叫醒他，想了一下還是決定心一橫叫他起來吃飯，指尖卻到他臉龐就停下。

正在懊惱自己竟然戳不下手，抬頭就見南思遠又用告白時的眼神看著她，那雙溫柔的笑眼，藏著不用說也能讀懂的感情。

「既然醒了就吃飯啊，看什麼看！」

「妳買了摩卡？」

「對啊。」

「但我現在想喝瑪奇朵。」

「哼，不就幸好我兩種都買！」

「真的？」南思遠起身，看著桌上兩杯咖啡，拿走那杯焦糖瑪奇朵，順便拆了便當吃。

「還說沒胃口，不就幸好我有買兩個便當。」

「誰說沒胃口？」

「還有誰！」

「我……可能是懶得去買。」

「我也是這麼想。」魏冬瑤沒有察覺眼前的南思遠，眼中少了平時的顧慮與怯懦，更多是直來直往的反應。

昨夜他失眠了。

因為南思遠是不贊成告白的，吳以恩卻堅持要告訴她自己的心意。

『你能給她什麼承諾？給不起就別說那些曖昧的話！』南思遠厭惡地說。

『那不是曖昧，是你沒膽說出口的話，你沒膽、但我有。』吳以恩略顯囂張地說：『你給不起的，我來給。』

『你把事情想得太簡單了，愛一個人不是你想的這樣。』南思遠無奈地說。

『你少自以為，到了好家庭才能學會愛？很早以前我就知道什麼是愛。』吳以恩堅定地回嘴：『那時候你都不知道在哪呢！』

『我不排斥你依戀焦糖瑪奇朵，但那都過去了，她是活在當下的人，不是活在你悲慘過去裡的人。』南思遠也不想這樣說，或許是被激怒了。

『是啊，我就是活在悲慘過去裡的人之一，你就是那個一心想拋棄這種過去的人吧，我絕對不會讓你得逞！』

『我從沒那樣想……我沒有想拋棄誰……』

南思遠在深夜裡抱頭蜷縮在床裡無助痛哭，深陷被自己指責卻無法反駁的痛苦。事實上他的確拋棄了妹妹，也遠離了過去、家鄉、回憶……他無法反駁吳以恩所謂的「拋棄」，但那都不是他自願的。

『媽死在誰手裡？是他！他死在誰手裡？是我！所以是誰救了你，讓你有今天的好日子過？你沒感謝我就算了，還老是認為我不應該存在……是我守護了你和你所愛的人，不是嗎？』吳以恩的話都那麼對，彷彿唯一做錯的，是南思遠。

吃完便當之後，南思遠看著手中的焦糖瑪奇朵，心底五味雜陳，但是他沒有辦法遏止另一個靈魂的操控，某種層面上他也因為吳以恩的莽撞而得到不少救贖，也或許是因為依賴，才讓這個人格根深柢固地留下。

「怎麼？這間咖啡難喝嗎？」魏冬瑤看他發愣，好奇探問。

「沒有。妳剛說妳希望幫這個始作俑者解決肌膚問題，把這次的危機變成因為純粹系列而蛻變的真實案例嗎？」

「對啊，你不覺得她很可憐嗎？我的臉被蚊子叮一下都很難受了，何況是整個臉都是疹子。」

「我也想過這是最好的方式，但問題是對方願不願意背叛委託她的人。」

「委託她的……齊寶哲？」

「嗯，他身邊有朋友說他前陣子見過那個女的。」

「你……怎麼知道？」

「他身邊有朋友，我身邊也有，不需要這麼驚訝吧。」

「也是。」魏冬瑤心想：「真不愧是總裁，我的好朋友掐指算算也沒超過十個，哪能這樣連成情報網。」

「候補計劃就是給她賠償金，只是恐怕會有更多人效仿索賠，那損失會比滯銷來的嚴重。」

「不會的，如果她不願意，就讓我出面說服她。」魏冬瑤自信滿滿地說。

「妳確定？」

「我有辦法。」

「那好，晚點讓潤筠給妳聯絡方式。」

「太好了！那我不打擾你工作了，先走囉！」

「欸！下午要去實體店。」

「對喔……所以我還要繼續在這裡等你開完會？」

「嗯。」

「……」魏冬瑤顧盼無趣的辦公室，真不知道要怎麼度過無趣的時光。

「無聊的話跟我去開董事會啊。」

「……那怎麼行！」魏冬瑤心想：「董事會的話，出席的都是爺爺輩的巨富吧，說錯一句話真的得罪不起。」

「怕什麼，有我在！」南思遠拿起咖啡，牽起她，往會議室前進。

會議室裡，兩排等待南思遠給個交代的長輩，各個神情嚴肅，他們起初不但不看好他這個養子，更不看好他提出要跨足美妝產品的提議，老一輩認為專業之所以被尊重，是因為專業隨著時代變遷只能變得更專業，而不是突然轉移方向去研究陌生領域，不上不下的成果反而會毀損專業形象。

萬生製藥就是一個不上不下的案例，當然長輩們最常用同期創立的萬生製藥來跟自己比較，在南思遠眼中這種比較很狹隘，國外那麼多製藥公司發展出跨國規模，才是應該拿來比較、學習的。

「思遠你說，現在要怎麼負責新品牌虧損的問題。」南董事長嚴肅看著他，對一旁的魏冬瑤毫無關注，以為她只是新來的秘書。

「叔叔我啊，建議你還是趁沒虧大之前收掉，也比較不難看。」

「是啊，好好研發新藥就行了，偏偏要做什麼美容！」

等長輩一言一語講完了，南思遠才起身發言……

「目前這個品牌已經成功引起消費者關注，雖然途中出現負面評價，疑似競爭對手抹黑所致，但我的團隊已經有了應對方案，可以將危機轉為宣傳手段。」

「講得簡單！別以為我們老了就能這樣唬弄！」

「詳細方案就讓魏小姐跟各位說明。」

「什麼？」魏冬瑤瞪大雙眼看著他，只見他使個眼色就要她起身跟各位長輩說明，她只好硬著頭皮開口：「各位董事好，我叫魏冬瑤……是這次美妝品牌企劃顧問。相信各位董事家裡有夫人、女兒，平常也會使用保養品。各位也知道女人花在這些東西的費用遠比各位想像的還多，為的就是走出去有自信、有面子，加上近年來連男人都開始注重保養，董事們應該也不希望自己看起來比夫人老很多吧？」

幾個董事聽她這麼說不禁面面相覷，面有難色。趁他們還沒因為想太多而惱羞之前，魏冬瑤又接著說：「愛美是人的天性，不論男人或女人，製藥自古以來就是為了延長生命，但是延長生命之後人們就想活得美麗，因此我認為製藥的專業可以成為開創美妝品牌的優勢。」董事們似乎開始認同這種說法了。

「這次危機是因為女人愛美卻得到反效果造成的，既然由我們的產品造成，那就由我們的產品負責改善，我認為家電商品有售後維修的服務，美妝產品也可以有，加上製藥基礎深厚，在醫界的人脈夠廣，可以請到專業的醫師診治，教大家正確的保養方式，想必會讓這次的危機轉變成家喻戶曉的良心品牌。」魏冬瑤看大家都聽傻了眼，連忙說：「以上是我對這次危機的解決方案，感謝各位。」

這才終於有人拍手、點頭，一陣交談之後，南董代表所有人宣告：「那這次就拜託魏小姐了，希望妳的方案可行，我們靜觀其變。」

「謝謝董事長……也謝謝總經理給我這個機會。」

「那沒事的話，就散會了。」不同於南思遠，南董事長宣告散會是第一個離場。

南思遠坐在位置上鬆了好大一口氣，沒想到她會講得這麼好。只是剛才南董的結論像是期待，也像是坐等好戲怎麼上演，南思遠見她不發一語，趕緊解釋：「我爸講話就是那樣，妳別想太多。」

「那樣？」魏冬瑤困惑地看著他，拍拍胸口說：「好險剛剛沒說錯話……」南思遠這才知道，她只是因為緊張的狀態還沒退去臉色才那麼差。

「妳講得很好。」

「謝謝。」

「休息一下就要出發去實體店面了。」

「好。」

四章・日換夜

【日間，陽光和煦、一片光明，令人安心；夜裡，燭光搖曳、一片神祕，令人著迷】

魏冬瑤打了好幾通電話才說服那位叫做小趣的網美出來相見。

「真不知道妳為什麼要堅持，我都說沒關係了……」小趣心虛的眼神，魏冬瑤並沒有看出來，幸好南思遠已經找好她的底細。

「我們是希望能解決妳的困擾，加上這次事件是因為我們公司的產品造成，得由我們負責才行。」魏冬瑤跟她踏進一間皮膚科診所，又說：「這次診療完全不收費用，希望妳接受我們的誠意。」

「……好吧。」小趣這下子答應得真乾脆，魏冬瑤心想：「果真被南思遠說中！無法說服就用等值的代價收買，真的有用。」

「妳這個症狀多久了？」女醫師問。

「很久了，高中就開始了。」小趣一時沒注意說溜嘴，瞄了一眼以為魏冬瑤不在場沒關係，沒發現一旁的設備都錄下來了。

「嗯，妳的角質代謝不正常，加上細菌感染引發炎症，應該跟作息與環境有關，不知道妳多久更換枕頭套？多久洗一次臉？是否有去角質的習慣？」

「我……」小趣想了想說：「我很常換枕頭套，一天洗三次臉，睡前去角質。」

「那妳是否有抱枕頭或抱娃娃入睡的習慣？」

「有……」

「枕頭或娃娃有時常清洗、曬太陽嗎？」

「沒有……」

「嗯。」女醫師在單子上寫了些東西，又說：「我開了一些消炎藥，回去按時擦，其他的部分魏小姐會跟妳說明。」

「好，謝謝。」

小趣走向診所會客室，看到魏冬瑤在敲打著電腦鍵盤，回頭對她說：「原來妳這症狀高中就開始了啊？那應該不是我們產品造成的吧？」

「妳……都聽見了啊？」她顯得有些驚慌，可見小趣平常也不是個會說謊的女孩。

「雖然不知道妳為什麼要針對本公司的產品寫不實心得，但我這次來的目的是真心要替妳解決問題。」魏冬瑤翻轉筆電，秀出幾張舊照片：「醫生會問妳有沒有抱娃娃的習慣，是因為妳高中到大學之間的拍照背景有一隻很髒的泰迪熊，而且妳時常跟這隻娃娃貼臉自拍。」

「……可是我一天洗三次臉，就算髒也洗乾淨了吧，睡前我還用清潔力強的去角質產品欸！」

「這就是問題所在，臉一天最多只能洗兩次，去角質必須相隔三天至一周才能一次，妳所認知的保養方式有誤，造成惡性循環。」

「可是……我以前看醫生他們都沒說這些……」

「醫生只會針對症狀開藥，不會去管妳日常生活怎麼保養吧。」此話一出，小趣沉默不語，算是認同了，就連今天的醫生也沒打算跟她詳聊，診所畢竟不是美容中心。

魏冬瑤拿出一張單子，上面有正確的保養方式，又說：「希望妳回去照做，有改善的話，得到助益的人是妳，也希望妳改善之後能重新聲明不是我們產品造成的肌膚問題，相信妳改善的過程可以讓妳得到更多知名度與廠商的廣告案，不管之前有誰和妳做過交易，很明顯我們這邊的交易才算互利。」

「我知道了……」小趣低下頭有些羞愧，不知道原來大公司不但查好她的底細，還沒一狀直接告她誹謗。

目送她離開診所，魏冬瑤總算鬆了一口氣，之後就等派遣專員定時去追蹤她的皮膚狀況，並且定期帶她回診。

時隔一月，入冬。

一篇佔據美妝雜誌許多版面的專題報導出現了，魏冬瑤將這次改善肌膚問題的過程整理成專題報導，送給畢業後在美妝雜誌社工作的同學發表，又是一項互利的決定。因為這篇報導在網路上傳開，那期的雜誌銷量因此翻倍成長，她的同學也因此獲得了一些獎賞。

同時純粹系列也恢復買氣，好評遽增，紛紛有人得知實體店面即將開幕，開始期待新產品，以及採訪報導中提及的環保創舉「自備容器購買方式」，這點也成功引起其他國家熱愛美妝的族群熱烈討論。

南思遠樂見其成，但總覺得還是少了什麼。

「總經理，我們品牌沒有代言人嗎？」開會時終於有人提起。

「原來是代言人……」南思遠恍然大悟，點頭說：「你們心中有人選？」

「大明星都好！」

「歌手啦！」

「林依晨好不好？」

「女神應該很貴吧。」

「這樣啊……」

「我覺得我們潤筠就不錯。」暗戀秘書多年的宅宅說。

「是不錯，但是潤筠沒什麼名氣。」米羞說得中肯。

「怎麼會！她粉專也有上萬個讚！」宅宅激動地說，可能是粉絲團管理員之一。

「我覺得魏小姐皮膚很好，肌膚改善專題又是她提的，聽說她的名字已經上搜尋榜了，很多人都希望她能再推出其他保養單元。」莫莉也買了這期雜誌。

「反正這兩個美女都不用錢，不如就雙代言啦！」眼鏡男看似玩笑的提議，卻解開大家心中的矛盾。

「不錯欸！」

「總經理覺得怎麼樣？」所有人都轉向同一方，等待答案。

南思遠沉思了好一陣子才說：「形象不同、領域不同，雙代言是好辦法，但是風格要明確，冬瑤代表一般大眾，潤筠是代表一般大眾所嚮往的目標。照這種概念下去設計形象，增廣市場族群。」

「可是這樣魏小姐不會不開心嗎……被歸類在平庸那類。」

「我沒說她平庸，況且……平庸有什麼不好嗎？」

「也不是這樣啦。」

「不過……潤筠以前有在拍廣告是還好，魏小姐不一定會同意吧！」

「我會說服她。」南思遠神情從容，甚至嘴角淺揚。

「喔！」員工們似乎聞到八卦的氣息。

「沒有異議的話……就散會吧。」

「辛苦了！」

「總經理加油！」

南思遠看著這些員工背影，自從魏冬瑤出現之後，氣氛已經不像從前不苟言笑、拚死拚活，現在反而多了一些團結挑戰目標的樂趣。

同一天夜裡，齊家豪宅有些吵鬧，一群人齊聚客廳開家族會議，齊董拿出那本雜誌摔在桌上，正是飛皇製藥廣受好評的肌膚改善專題。

「看你幹的好事！」齊董指著齊寶哲大罵：「不是說你的人嗎？為什麼變成他們的人？」

「……肯定是他們出更多錢收買！這些女人就是貪小便宜！」齊寶哲面目猙獰，指著專題裡的小趣大罵。

「弟弟，你這樣說就不對了，我也是女人。」二姊齊寶旋翹著腳，戲謔的笑容分明是來看好戲的。

「這次你真的做錯了，之前被打上新聞就算了，風向也沒往你這邊倒多少，我還真沒看過苦肉計失敗成這樣的。」大哥齊寶裕冷笑一聲，畢竟他們的生母不同，在公司裡的關係也一直是競爭者，只是齊寶哲從來沒贏過。

「不要小看飛皇，他們能有今天的規模，背後使的手段絕對不亞於我們萬生。」齊董拍拍桌，指著齊寶哲低吼：「鬥不過就別囂張挑釁，聽見沒有！只會惹事而已，你還會什麼？跟你媽一樣，都是只會討錢花的廢物！」

「我知道了……」齊寶哲低下頭來，眼神充滿不甘。

「南思遠這孩子二十八歲了還沒對象，既然鬥不過人家，就把敵人變成同盟，這方面……寶旋妳沒意見吧？」

「爸是希望我跟他結婚？」

「嗯，反正妳跟那幾個小白臉只是玩玩，應該……不會給我搞追求幸福這招吧？」齊董揚起嘴角，那張老臉還能如此輕浮。

「那要看我跟他結婚能獲得什麼好處吧？」齊寶旋是個功利主義的女子，跟大哥一直用不同的手段競爭地位，齊董也樂見他倆互相制衡求進步。

「妳要是能把飛皇變成『妳的』，就不需要跟妳哥搶了，不好嗎？」

「哪有那麼容易！」齊寶旋笑了開，那張遺傳自美模母親的華麗容貌，讓她在男人之中特別吃香，她就是靠交際手腕私下獲得許多靠山支持。

「這回還謙虛了，別的不說，哥對妳勾引男人的伎倆特別有信心。」

「哼。」齊寶旋冷笑一聲，即便她和哥哥是同一個母親，卻也因為身為女子不想被看扁，一路往上爬到和哥哥同等地位，非但好勝心不輸男人，陰險程度更加勝過男人。

此時，南思遠的車停在魏家門口，按下電鈴。

再度踏入這溫暖的空間裡，他一點緊張感也沒有，突如其來的拜訪也是為了看看最真實的他們，不希望自己被特別禮遇。

「哎呀！南總要來怎麼沒通知一下，我們今天晚餐沒什麼好料，吃飯了嗎？」魏媽媽一開門就熱情地講個不停：「你先坐一下，我去叫她喔！」才剛說完，魏媽媽就直接在樓梯口大喊：「冬瑤！南總來了！」中氣十足的喊聲令南思遠發笑。

不過魏冬瑤沒有聽到喊聲，她正在吹頭髮，吹完頭髮又若無其事地進房間。

「這孩子……我去看她在幹嘛！」魏媽媽比南思遠還不耐煩地衝上樓去，直接開門喊：「我說南總來了，妳怎麼還在看韓劇！」

「嗯？為什麼又突然來！有沒有禮貌啊……這傢伙。」魏冬瑤按下暫停鍵，不管頭上有個鯊魚夾、穿著爸爸的老舊運動衫領口和袖口依然鬆垮，起身準備下樓。

「妳真是……媽還以為妳那麼慢是在打扮，妳確定要這樣下樓嗎？」

「不然呢？我這麼晚了在家穿一件小洋裝還畫眼線合理嗎？」

「也是啦……」

南思遠也以為她花那麼久的時間是在打扮，直到看見慵懶下樓的人影，他知道自己想太多了……

「抱歉這麼晚打擾妳。」

「你也知道要抱歉啊？」

「冬瑤，怎麼這麼沒禮貌！」魏媽媽在一旁碎念。

「他突然到人家門口按電鈴才沒禮貌吧！」沒給南思遠回話的機會，她又說：「既然這麼突然也要來，肯定有什麼急事、大事、重要的事囉？」

「當然。」南思遠點頭。

「晚餐吃了？」雖說如此，魏冬瑤跟她媽如出一轍，首要先關懷總裁三餐溫飽。

「還沒……」

「那快來！魏媽媽幫你熱菜！來來來！」魏媽媽聽到他還沒吃飯整個人激動起來，不斷揮手，最後乾脆親自拉著他到餐桌坐下，熱了一些家常菜，擺成套餐的模樣送上來，叮囑道：「飯不夠可以續碗。」

「謝謝阿姨。」

「好乖！」魏媽媽摸摸他的頭，說：「那你們談啊，不打擾你們了。」連忙拿著一包團購零食往客廳去。

魏冬瑤並沒有急著追問他來這趟要說什麼，自從成為顧問之後，更明白他要好好吃一頓飯都不容易，因此就這麼坐在他對面看著他吃飯。

「我今天來是要……」南思遠忍不住想先把事情講一講。

「你先吃！我不急！」

「喔……」

「潤筠有傳訊息跟我說了，我沒意見。」

「消息這麼靈通，妳……哪時跟我秘書感情那麼好了？」

「我們興趣相同、個性互補，可以說是絕配啊！」魏冬瑤笑說。

「那我跟妳呢？」

「興趣不同、個性不同、觀念不同、生活習慣、家世背景、教育程度、心中理想……都不同，這樣我還不會討厭你，真的是很——善良了。」

「……」這話差點讓他嘸不下那口飯，抬頭就見魏冬瑤得逞笑著。

「開玩笑的。」

「……」

晚餐之後已經晚間十點。

「不過你為什麼覺得我能當代言人？」魏冬瑤一手支著下巴問。

「因為妳教會那些普通女孩怎麼愛惜自己，如果妳因此得到更多的曝光機會、聲譽，展現更成功的人生，就能增加他們對自己的信心，相信自己能變得像妳一樣，這樣不是很好嗎？」南思遠溫柔的笑眼，跟在會議室談事情時完全不同。

「那潤筠呢？」魏冬瑤有些不適應地躲避眼神。

「她本來就有光鮮亮麗的外貌，也是普遍女人嚮往成為的類型，理所當然成為代言人，員工美到成為自家代言人，想必可以提高消費者對品牌的信任度。」

「嗯……那就這樣吧。」魏冬瑤聽完也沒打算多說什麼，只覺得一直被他注視很不自在，看了一眼時鐘說：「很晚了，你早點回家吧。」

「妳對如何製作廣告沒什麼想法嗎？」

「我也是今天才知道這件事，老闆催件也不是馬上要吧……」

「也是，那我先回去了。」

目送他的車駛離，魏冬瑤的心跳終於能稍微靜一點。

※

一周之後，南董找南思遠回家一趟，那個「家」是指南董的別墅。

別墅位於山腰，南董已經把大多數工作交給南思遠，平日就在別墅裡照顧逝去的妻子留下的花園，客廳在陽光照耀下呈現一片溫馨的鵝黃色，踏進玄關就能聞到舒服的精油香氛。

自從南董的妻子病逝之後，這間別墅就再也沒做任何改動，他老人家依靠過去的回憶生活著，不定時補充妻子收藏的精油櫃，連兒子的書房也不曾更動過，那些教科書、電玩、電腦、公仔擺飾都靜止在他們離世的前一刻。

一塵不染，是因為他每天親自去打掃那些房間，默背似的想靠雙眼、雙手記憶這些景象，複習他們還在時的回憶，告訴自己：「他們還活在我的記憶裡，不曾離去。」

每當看著南董如此深情，南思遠總是覺得羨慕，從他身上學到了溫柔與愛一個人的方式，不需要擁有、佔有，就只是遠遠想念也可以是永恆的愛。

「坐吧。」南董隨身拄著木杖散發出木質香，或許南思遠會隨身攜帶木質香精油，是因為對這位父親的有著崇拜與精神上的依賴吧，只是口頭上不曾向誰承認過。

「最近很忙吧，很久沒一起吃飯了。」南董是個看似粗獷卻很斯文的男人，也不喜歡強迫別人接受他的好意。為此，他知道當初南思遠對這個屋簷下的所有保留感到不適應，成年後就買了一間大廈豪宅給他獨立。

他深信給南思遠一點距離是最適當的愛，然而，他做對了。在這個充滿回憶的屋簷下，他不管怎麼努力想要追上，也知道自己始終無法取代逝去的人，獨立才是讓他找到自己存在價值的最佳方式。

「研藥部老手都處理得很好，就是美妝品牌還要費心一點。」南思遠淺笑著說。

「今天找你來，除了想了解一下品牌代言人的事，也想問你一件大事。」南董將木杖放到一旁，接著說：「萬生齊董前幾天跟我見了面，跟我道歉說他小兒子沒分寸，害雙方關係緊張，希望我們給個和解的機會。」

「我對萬生沒有任何怪罪，所以也說不上談和解。」南思遠解釋說。

「這我知道，不過他特別提起他女兒齊寶旋，大你兩歲，跟你一樣沒對象，他希望你們兩個年輕人見一面。」南董端詳著他的表情，又說：「我對年輕人的感情問題不想介入太多，我只答應齊董讓你去禮貌上見一面，表示我方沒有想要樹敵，至於後續發展我就不過問了。」

「我知道了。」南思遠點頭，雙手靠膝緊握，欲言又止。

「不論你喜歡什麼樣的女孩都好，只要雙方都是真心的，我都祝福你。」南董拍拍他的肩，揚起和藹的微笑。

「萬生是不是想靠聯姻併吞股權？」南思遠說出心中的疑慮。

「哈哈，我以為你是心中有別的女孩才面有難色，原來又為公司想……這你不用擔心，萬生吞不下我們飛皇，你應該開始擔心自己的終生大事。」

「這個……我不急。」

「別說不急，真的有個人讓你想留在身邊時，就知道急了。」

「我也是這麼想……」南思遠心想：「即便我想留她在身邊，她卻不急著留我，那有什麼用？」

「你有在想就好，也沒什麼事了，你去忙吧，齊寶旋會聯絡你見面時間，你再跟她談。」

「好，那我先回公司了。」

「去吧，好好照顧自己。」

「嗯。」南思遠點頭，轉身，想起在這世上除了養父和妹妹，第三個會叫他好好照顧自己的人——是魏冬瑤。

這似乎就是南思遠用來評斷真心與否的依據，也是他相信魏冬瑤的原因，但是他無法確定魏冬瑤是否對所有人都如此——無差別的天真善良可能讓他會錯意。

回到辦公大樓，還沒踏進會議室就聽到裡面熱鬧的交談聲，想必大家又跟魏冬瑤聊開了吧，南思遠站在門口有些猶豫，猜想推了門肯定會中斷這些笑鬧……

「總經理？」潤筠站在他身後探頭問：「你不進去開會嗎？」隨即幫他推開門，果真頓時一片安靜。

「今天會議討論關於雙代言的廣告風格，各位有什麼想法盡量提。」南思遠來到自己的位置上，如常的面無表情，方便大家不必為了猜他心情衡量回應。

「我們剛剛都討論完了！」魏冬瑤笑說。

「這麼快？」南思遠心想：「我才是總經理吧，都跟她討論……對嗎？」

「對啊！」魏冬瑤拿了幾張人物造型給他看，說：「我呢，就是扮演大眾ＯＬ需要化妝上班，下班又要卸妝保養的消費者，廣告概念主要呈現我們春季要上市的化妝品，提供上班族面對人事物的精神感，以及下班卸妝後我們的保養品可以讓人達到放鬆的效果。」

「你們哪時候討論得這麼完整？」

「中午大家就約在這邊吃飯聊天啊！」魏冬瑤看了大家一眼，似乎比這個總經理還跟大家熟絡。

「那……潤筠的部分呢？」南思遠臉上隱隱露出無奈的笑說：「不會也背著我討論完了吧。」

「喔，原來總經理是吃醋！」員工又是一陣起鬨笑鬧。

「潤筠的部分我跟她有討論過，她自己的點子不錯，你不如直接問她吧！」魏冬瑤看向一旁總是安靜聆聽不發表個人意見的秘書潤筠。

「妳說說看。」南思遠揮動手中鋼筆，示意要她發言。

「我的部分想與冬瑤做出對比，以天后般的形象站在舞台表演，不同於上班族的妝容，選擇彩妝疊加出艷麗效果，同時在回歸自我空間時，過著與冬瑤相同的下班生活，寓意無論哪種人、哪種成就，過完一天後都追求相同的修生養息。」

「很好，企劃照這個概念寫好呈上來，同時聯絡廣告公司，確保春季彩妝保養品上市同時廣告也拍攝完成，還有其他事項要報告嗎？」

「實體店開幕的部分，代言人是否要出席？」米羞舉手提問。

「廣告沒那麼快好，應該不用吧？」莫莉手裡轉著筆。

「我覺得先拍概念海報，代言人就能出席了。」眼鏡男推推眼鏡說。

「對啊！雙代言海報出來就有氣勢了！」宅宅點頭附議。

「那這周就先找時間拍攝概念海報，預計聖誕節在百貨廣場舉行開幕式。」南思遠看了看發光的手機，來電顯示令他感到焦慮：「沒其他問題的話，可以散會了。」

直到所有員工離席，連魏冬瑤都打算去找潤筠討論造型，卻被南思遠伸手拉住，說：

「等等……我有件事要告訴妳。」

「嗯？」魏冬瑤什麼都還不知情地回視。

「董事長希望我去見萬生製藥副總齊寶旋，可能……想讓我跟她商業聯姻，妳覺得如何？」南思遠端詳著她會有什麼反應。

魏冬瑤只是愣怔一陣，隨即眼神飄向一旁，若無其事地笑說：「原來還真的有商業聯姻啊……不愧是總裁，但這是你的私事，不需要問我意見吧？」

「我的私事嗎？那我……去見她囉？」南思遠看著手機裡的訊息，齊寶旋已經決定和他約在附近一間高級餐廳吃晚餐，方便他一下班就能前往，無法拒絕這個邀約。

「嗯，沒別的事我先走了。」

南思遠放開手之後，獨自在會議室裡低頭沉思許久，轉眼間員工紛紛下班，也來到跟齊寶旋約好見面的時間，他終於從會議室走出來，看著空無一人的辦公室，心中莫名失落……。

南思遠為了不讓齊寶旋有機會續攤，把車留在地下室用走的去餐廳。同一時間，潤筠和魏冬瑤也約在同一間餐廳討論廣告的細項。

「太高級了吧……」魏冬瑤看著那盞水晶吊燈以及樑上歐式貴族壁畫，金光閃爍讓她不敢想像菜單的價位，知道要來這家餐廳還特地拿出櫃子裡的高跟鞋換上才來。

「是我請妳，緊張什麼！」潤筠笑起來自然好看，是無可挑剔的天生麗質。

「這種餐廳有什麼好吃的？」魏冬瑤拿起菜單看，價格比一般餐廳多了幾個零，表情不禁有些糾結地嘀咕：「好貴……我還在台灣嗎？」

「呵呵。」潤筠往她身後注視某一桌位，正好是南思遠和齊寶旋。

「怎麼了？」魏冬瑤回頭沿著她的視線看去，也看到南思遠傳說中的聯姻對象，身上那件雪白皮草顯眼，果真貴氣逼人。

「其實我是來這裡出任務的……但是我怕只有我一個會出錯，所以約妳來壯膽，妳應該不介意吧！」潤筠為難地說。

「出任務？」魏冬瑤睜大眼，對這種戲劇性的事物感到好奇不已。

「下班前接到總經理的訊息，讓我今晚來這裡待命，看他如果拿了三次水杯就表示要想辦法幫他脫身。」潤筠瞇眼看了一下，又說：「現在看起來是還好，說不定總經理真的看上萬生千金了。」

「那個齊寶旋聽說是副總，和他也算門當戶對，長得又漂亮……他們的世界真是不平凡啊！」魏冬瑤雖說是讚嘆，看起來卻沒有很高興。

「可是齊寶旋這個人……以前我在萬生工作就聽過一些傳言，她是出了名的陰險，利用男人爬到她要的位置，再把那些男人甩開，所以她沒結婚是為了保有單身這張王牌，如今想要綁住我們總經理，一定有陰謀！」潤筠擔心地說。

「這麼嚴重嗎……」魏冬瑤聽她這麼一講也開始擔心南思遠了。

「應該沒這麼快拿水杯，妳幫我看一下，我先去洗手間！」

「好喔。」

沒想到潤筠一離場，南思遠便開始拿起水杯……

接著一次、兩次、三次！他尷尬又無奈地笑了笑，聽齊寶旋對晚餐後的行程如何計畫，這種情場老手擅長的持久戰就是他最怕發生的狀況。

「天啊！三次了……看來很緊急！」魏冬瑤趕緊打電話給潤筠，只是剛進廁所的她表示沒辦法馬上出來……只好無奈地哀求她：「我們總經理未來的幸福就拜託妳了！一定要成功把他救出來！」

「什麼啊……」魏冬瑤不知所措地看著手機通話終止，又看了那一桌，南思遠已經快把那杯水喝光了。

「真是！」魏冬瑤深呼吸，冷靜地想了想：「這時候應該用什麼理由幫他開脫才好呢？打電話給他說有急事？這樣太明顯了，萬生又要記恨了！」她搖搖頭，驟然揚起一抹詭異地笑，心想：「那……就讓她恨別人好了！」

隨即又看見潤筠傳來的訊息寫著：「總經理本來要我假裝跟他是一對，想用我的外在條件逼退自尊心高的齊寶旋，只是這招現在可能不適合妳……」

魏冬瑤看完訊息，扁扁嘴嘀咕：「對啦！我外在條件是贏不過她，但是任性為難人的伎倆我可不會輸！」眼底閃過一絲決心，她提起包包就往他們那一桌走去。

齊寶旋看魏冬瑤走向他們，一臉茫然地看向南思遠，他沿著齊寶旋視線回頭，看到魏冬瑤的身影也很詫異，而那詫異的神情正好在她計畫之中。

「思遠，你什麼意思？騙我說要加班，就是為了跟這女的見面嗎？你上週就答應要陪我看電影，老是說沒空，結果都在跟別的女人約會嗎！呵，你真的比我想像中的還要討人厭欸！什麼美妝顧問也是利用我而已吧？告訴你！我不幹了，什麼代言人你自己去想辦法！」說完狠話還不忘瞪齊寶旋一眼，轉身頭也不回地離開餐廳，完全沒有給人辯解的空間。

「怎麼回事……那女的是誰？你不是單身嗎？」齊寶旋一頭霧水，沒把這個平凡女子放入眼，猜想南思遠應該不會為了這種貨色離席，可惜她猜錯了……

「真的很抱歉發生這種狀況，我先去看看到底怎麼了……妳盡量點，我跟餐廳經理報備過了，這頓算我的！抱歉！」隨即南思遠匆忙奔出餐廳，四處尋找魏冬瑤的下落。

魏冬瑤說完狠話，直直走出餐廳，還怕走不夠遠會被齊寶旋抓到把柄，像是在跟誰玩躲貓貓，徒步走了好遠才走到一座公園，躲在溜滑梯旁的隱密位置休息，看著這雙高跟鞋……根本不是為了健走設計的，早就刮花她的腳後跟，還不知道南思遠有沒有因此脫困。

「我這個代言人兼顧問都放話辭職了，他應該知道要追出來吧？」果然手機響起，是南思遠。

「喂？」魏冬瑤悠哉接起。

「妳在哪？」

「在……直走不知道多遠的小公園。」

「等我，不准跑。」

「我也跑不動了好嗎，高跟鞋這種東西到底是誰發明的啊……」

「別掛電話。」

南思遠聽著她如常的抱怨語氣，覺得事有蹊蹺，加快腳步尋找那座小公園，不顧齊寶旋在餐廳裡惱羞成怒，正憤恨地想著要把南思遠整個人和心都搶過來才甘願。

「找到公園了……妳呢？」

「你猜呢！」魏冬瑤的話中帶著一絲玩鬧笑意，讓人無法明白她是用什麼心情說出剛才那些狠話。

「別開玩笑了！妳在哪？」

「我都聽到你的聲音了，等等，我偷看一下那個女的有沒有跟來。」說完，魏冬瑤就從溜滑梯上的平台探出雙眼觀察可見範圍，確認那個女的沒跟來才起身揮手，光著腳從平台下來。

「妳……」南思遠看她毫無剛才怒氣，不解地問：「所以……剛剛是在演哪齣？」

「潤筠拜託我解救你，我長相背景贏不了人家，當然只好反向思考啊！不錯吧！這樣她恨我鬧場，不會恨你離場，就不會針對我們公司了吧！」聽她這麼解釋，南思遠眉頭一蹙，伸手將她抱進懷裡。

「她又沒跟來……你演給誰看……」魏冬瑤沒有掙脫這個擁抱，或者是說沒力氣掙脫，只覺得餓、覺得腳痛，想找個板凳坐下，看見他身後不遠處剛好有張長凳，連忙推開他喊道：「我不行了！」奔向長凳一坐，彎身看看自己的腳跟，又抱著空曠的胃袋滿臉哀怨。

「想吃什麼？我去買。」南思遠終於露出一抹微笑，無奈地看著她，真不知道該拿她怎麼辦才好，明明不需要讓自己變得那麼狼狽，偏偏就想到這種犧牲小我的辦法，讓他心裡滿是不捨。

「吃關東煮好了。」

「好，等我。」南思遠退了幾步就轉身奔向附近的便利商店。

經過走道時，瞥見紗布和透氣膠帶，各拿一卷又順便買了食鹽水，這才端著尚且溫熱的關東煮回到她眼前。

「謝謝！」魏冬瑤低頭顧著吃起魚板，沒管南思遠蹲坐在地翻看她的腳跟，拿食鹽水替她消毒、貼上紗布才起身。

「不好意思，麻煩你了。」魏冬瑤喝完最後一口湯，還把空碗遞給他，南思遠依舊是無奈地笑著，接過手去找垃圾桶丟了。

終於能好好坐下，他靜靜望著魏冬瑤的側臉對於她剛才狠毒的話，不知該從何問起。

魏冬瑤正望著夜空中的彎月發呆，身上那件洋裝有些單薄，即便有條圍巾也不敵冬夜寒風的侵襲，南思遠自動把身上的西裝外套披蓋在她腿上。

魏冬瑤這才轉頭看了他一眼，指著他身上的衣服說：「這件格子……不是在韓國挑一挑結果我爸穿不下沒買的那件？你真的買了喔！」

「妳不是說好看？」

「是還不錯啦！」

「妳……應該不是真的想辭職吧？」

「當然不是啊，我單方面辭職不是毀約嗎？要賠錢欸！」

「那……也應該不是真的討厭我吧？」

「呵呵。」魏冬瑤笑了笑，沒打算回答。

「不是吧？」南思遠蹙起眉來，等不到確切答案，心裡有些慌。

「如果你真的跟她結婚，我或許會討厭你。」

「妳不希望我跟她結婚？」南思遠不解，稍早才問過她對聯姻的想法，也沒見她反對。

「她看起來不是好人。」魏冬瑤回頭看著他，雙眼只有忠告。

「就這樣？」南思遠不禁露出一抹苦笑。

「不然呢？」

「妳沒想過自己會是總裁系列女主角嗎？」

「我沒有羨慕過總裁系列的女主角，倒是很羨慕都市女子系列的女主角，什麼拉拉升職記之類的，覺得她們成長的歷程很感人。」

「那妳沒想像過將來會嫁給什麼樣的人嗎？」

「我現在過得很幸福，嫁不嫁我爸覺得無所謂，反正他說退休金夠養我一輩子。」魏冬瑤談起家人的笑容特別耀眼。

「原來是這樣……」南思遠心想：「原來只有我急著得到幸福……」

兩人沉默許久，南思遠突然感到肩上襲來的重量，魏冬瑤開始打瞌睡了。他還在思考要怎麼回去……車還在公司裡，大家都下班了。

最後只好抱起她，叫了一台計程車，送她回家。

「真是……跟朋友聚餐喝茫了？」魏媽媽站在門口關心地碎念：「還要勞煩總經理送回來。」

「她沒喝酒，應該只是累了。」南思遠將她抱上二樓床上躺下，不忘逛逛她的房間，偶然看到桌上一疊照片，是日韓旅遊時拍的。

大部分都是風景和自拍，以及到處亂拍也把南思遠拍進去的畫面，她都歸類好準備放進相本裡。

轉眼已經午夜十二點，魏冬瑤睜眼醒來，發現自己在房間裡，連忙坐起心想：「誰送我回來？不會是南思遠……該不會被他發現我常常偷拍他了吧！」走向書桌，看著那幾疊整齊排放的照片，看起來沒有人動過。

也沒發現少了一張照片，已經輾轉來到南思遠家裡，在他的手裡。

那是在咖啡館裡，她自拍的背景有一片玻璃隔板，隔板裡有著倒映，倒映裡有個人看著開心的她，揚起一抹幸福的笑容。

「只有你急著得到幸福……那不是愛。」南思遠說。

神奇的是，這次另一個聲音沒有回話、沒有爭辯，靜靜看著照片裡的兩杯咖啡，他動搖了……突然無法確認誰的愛對她才是最好的？卻更明白無論是哪個靈魂，都是如此真摯地愛著她，只想給她最好的。

※

聖誕節，飛皇位於越光百貨地下街的實體店面正式開幕。

位於室外的舞台擠滿了想參加活動拿正品試用的顧客，三百個號碼牌早就被領光了。

魏冬瑤一身聖誕節的紅色短窄裙裝扮，還站在地下室就開始緊張，潤筠握著她發涼的手，微微一笑說：「沒事的，我掩護妳。」潤筠今天穿一身紅色禮服儼然重現海報裡的巨星風範。

同時，齊寶旋也以嘉賓的姿態出席，一身高級訂製貼身洋裝襯托出她的姣好身材，大捲如浪的長髮不受風吹影響，光澤依舊閃耀。隨後南思遠下車，黃金單身漢的名號不假，一批粉絲列成兩排到場舉牌支持。

下一台車上載著雙代言人，一下車站上紅毯的瞬間掌聲歡呼此起彼落，只為迎接她倆的出現，讓齊寶旋對此很是不屑，心想：「不過兩個素人，有什麼好看的！」死命黏在南思遠身邊，像是下定決心要當專業花瓶，最好被媒體拍到他們曖昧的距離。

魏冬瑤也很意外大家對她的擁戴，其實最近她收到不少感謝信，說她照著雜誌的意見改善自己的保養習慣，終於解決困擾已久的皮膚問題。只是沒想到這些回應轉化成現實人潮竟是如此壯觀，她不禁感到無比欣慰。

南思遠踏上舞台，準備剪綵，宣告開幕。

「首先感謝各位支持飛皇製藥旗下第一支美妝品牌，路西亞（Lucia）永恆之光，除了純粹系列保養品，本次開幕同時販售新品冬好眠系列薰香保養品，各位可以憑發票參加抽正品保養組。最後感謝越光百貨願意提供完善的空間，讓我們實現環保概念實體店，歡迎大家將使用完的容器帶來店面消毒裝填保養品！新開幕一律八折優惠……我們的代言人將會在實體現場親自為大家服務。」

剪綵完後湧入的人潮，讓所有人都忙於招待顧客，誰都沒時間去理貴賓，尤其是貴賓對這個品牌毫無貢獻，齊寶旋就這麼被所有員工無視，被顧客們擠到角落尷尬得無地自容。

這時她心想苦肉計或許有用，一個轉身就跌坐在滿是人潮的店面，擋住別人的去路不說，還真的被踩了幾腳。南思遠看沒人願意理她，只好自己去攙扶她，並且將她帶往人少的地方休息。

休息，不是為了走更長遠的路，而是……

為了讓他接下來抱起我走路。

「你們生意真好……」齊寶旋摸著被踩紅的手苦笑著。

「抱歉……是我動線沒設計好才造成意外。」南思遠一貫的客套回應。

「我沒有怪你的意思，不用道歉啦！」齊寶旋為難地笑著。

「上次餐廳突然離席的事我也很抱歉。」

「那個我已經吃回本了，也不用道歉。」齊寶旋揚起嘴角，看不見她內心的人會覺得：「這女孩真可愛。」看得見她內心的人就會知道她此刻心想：「我只要這樣做，他們都會認為我可愛！」

「那就好，沒事的話我要先回會場幫忙了。」南思遠才不吃這套，既然都說不用道歉，那當然就領了她的情先去忙了，回頭要怪他不解風情也沒用，自從上次的事件後，南思遠早就找到招數治她。

只要「誤會」她是天使，將她捧高高，假的也只好變成真的，不然哪有台階給她下！她總不會揭發自己的天使形象是假的吧。

南思遠頭也不回地離開，很快地回到魏冬瑤身邊。

看她跟許多顧客混熟了，甚至聊起來，人氣早已比潤筠高許多，心想：「這個平易近人的代言人果真沒選錯。」不禁欣慰地笑著。

然而……那樣不平凡的笑容，都被悄悄回到會場的齊寶旋看見，輸給一個如此平庸的女人，不甘心如漲潮般淹沒理智。

撐到大家下班，齊寶旋跟所有員工提議慶功，還提早訂好包廂。

「我哥也會過來看看，兩個總經理也好交流一些意見。」齊寶旋說著冠冕堂皇的理由，篤定一心為公司著想的南思遠必須出席。

「那……大家就去慶功吧，這攤算我的。」南思遠拍拍大家的肩，催促他們出發。

來到政商名流愛光顧的夜店包廂，不同於其他夜店的嘈雜，這裡氣氛的確更加愜意，爵士音樂讓人放鬆，南思遠被齊寶旋拉到中間的位置同坐，其他員工眼尖察覺，趕緊也把魏冬瑤推到南思遠身邊坐下。

「想喝什麼盡量點！你們想不醉不歸也沒關係。」南思遠難得露出一抹和善的笑容，大家當然開始沒在客氣，把好奇的東西都點來，不一會兒酒食擺滿桌，大夥兒開始玩起划拳、大冒險……。

「是說，你們總經理跟魏小姐是什麼關係，你們知道嗎？」齊寶旋問了坐在她身旁的員工。

「友好關係囉！」眼鏡男回答。

「原來不是情侶啊！那上次魏小姐怎麼會說出那種話呢？」齊寶旋一心只想挖洞給魏冬瑤跳，想讓大家看清魏冬瑤不擇手段只想飛上枝頭當鳳凰的真面目。

「誰說……不是？」魏冬瑤此刻也不知道該說哪個版本，臉色顯得為難。

「老實說，如果魏小姐沒打算跟南總在一起，就別老是做些奇怪的事情讓人誤會。」齊寶旋喝了一口紅酒，似乎判斷錯風向，沒發覺魏冬瑤在員工中的人氣都快比總經理還高了。

「齊副總，妳這話就不對了！」

「是啊，他們在一起很久了，礙於公司不宜放閃大家才裝不知道的！」

「真抱歉喔，副總，我們南總死會了！」

「抱、歉、喔——！呵呵呵。」員工一言一語幫魏冬瑤說話。

場面看起來是很溫馨，但魏冬瑤的內心感到一絲不安。

「既然如此那就跟大家公開啊，我差點誤當小三！」齊寶旋無辜地說：「只是他們看起來一點也不像情侶，要我怎麼相信？就算真的是情侶應該也鬧翻了吧？上次還在我面前吵架……南總真的喜歡魏小姐？還是為了工作才配合的？你不如說出來，我們萬生也有人才能幫你啊！」

「呵，」南思遠冷笑一聲，說：「感謝妳的好意。」

「還是你有什麼把柄在她手裡？像是……身世之謎之類的！」齊寶旋狗急跳牆，偏偏講出南思遠的地雷話題。

「這部分不會有什麼把柄。」南思遠果真冷下臉來回話。

「不管！」齊寶旋從不在意男人的臉色，依舊自我地說：「真的在一起就現在擁吻一分鐘啊！憑什麼模模糊糊讓人誤會，我爸也是確認你單身才讓我來跟你談聯姻，你現在這樣我很吃虧！」齊寶旋明明大他兩歲，講起話卻像個任性的小女孩。

「這個好！」

「嘿嘿！」

「我幫你們計時！」員工們喝茫了，紛紛起鬨瞎鬧。

「不敢嘛！你們之間肯定有什麼外界不知情的交易！我弟說你打算拉攏政客對抗萬生，恐怕沒說錯吧！」齊寶旋把話說重了。

魏冬瑤可不希望這種事牽扯到父母的職場，心一橫對她喊：「誰說不敢！」回頭就把他的臉捧近，輕輕一吻還要等六十秒。

南思遠從沒想過她會真的照做……既然如此就別生澀地讓人起疑，便伸手擁著她，深情地吻了一分鐘。

倒數完那一刻，魏冬瑤連忙拿起一杯紅酒飲盡，又隨便拿起一瓶酒倒了半杯飲盡……什麼話都沒說，希望早點把自己灌醉，不然她真想挖洞把自己埋了。

「別喝了！」南思遠拉開她胡亂倒酒的手。

「還混著喝……冬瑤酒量還不錯欸！」米羞戳戳她發紅的臉頰。

「不醉不歸！」魏冬瑤甩開他，繼續在桌上找酒喝。

「跟我走。」南思遠眉頭一蹙，趕緊把她拉離包廂到外面透透氣。

「放開、放開、放開！」魏冬瑤一路掙扎也甩不開，不斷叫喊：「放開、放開、放開！」

「妳再喊，我就再親妳！」南思遠對她一喊，魏冬瑤連忙伸手把嘴摀起來，愣愣看著他。

「我不是故意的……」魏冬瑤雙手合十對他懺悔剛才的吻，胡亂解釋道：「她講的好複雜，什麼把柄、什麼交易……所以我才……」

「但我是故意的，妳道歉什麼？」

「吭？」魏冬瑤臉上拂過一陣冷風，腦袋才開始清醒一點，回想剛剛到底發生了什麼……細細想來，這傢伙還伸手摟了她的腰！不禁瞪大眼指著他，欲言又止：「你……」但是頭痛得受不了，只好抱頭蹲坐在地。

「妳還好嗎？」南思遠見狀連忙彎身關切。

「不好啦！死定了，喝酒會被我爸打死，打死了還會救醒了再打死……都是你害的！嗚嗚嗚……」之所以魏爸爸嚴禁她喝酒，就是因為她發酒瘋時會變成令人崩潰的哭鬧型態。

「……」這一哭南思遠真的束手無策了，只能不斷道歉安撫：「好、我害的，妳先別哭……妳先說要怎麼辦啊！」

「嗚嗚嗚……你個王八蛋負心漢……只知道跟小三約會吃飯……」

「這又是什麼欲加之罪……」

「嗚嗚嗚……」

先不說這都是發酒瘋的一環，四周的目光的確因為魏冬瑤的控訴不斷聚焦在南思遠身上，他心想：「再不離開明天一定又是頭條……負面的那種頭條。」只好揹她上車，駛離大家注視的目光。

「嗚嗚嗚……負心漢……衛生紙……」魏冬瑤還向駕駛座伸手。

「喏，整包。」

南思遠聽到狠狠擤鼻涕的聲音，隨後逐漸變得安靜，轉眼之間魏冬瑤已經躺在後座睡去，南思遠看她這副模樣只是露出無奈的笑。

既然不能回魏家，只好先回他的大廈。

南思遠把她扛進客房，開了新買的水氧機，雖說沒有想過她會再來，卻不自覺替她準備了許多居家用品，他站在床邊，此刻倒是覺得幸好有自作多情準備這些。

放眼望去，新的浴巾、毛巾、牙刷、杯子、盤子、拖鞋、一整組的保養品、梳子、吹風機……南思遠把她慣用的類型、品牌都買來擺著，傻瓜似的想藉由這些重新復原她還住在這時的景色。不知不覺，他效仿著養父去愛一個人，去懷念有她陪著的時光，還總是穿著她挑選的襯衫……

「她如果醒來會不會嚇到……」南思遠心想。

「會吧，你做這些根本是變態。」吳以恩的聲音冒了出來。

「我本來沒打算讓她知道，還不是你……」南思遠怪罪吳以恩的直來直往。

「我也沒想過她會那樣做……況且我吻她那是真情流露，你這種行為才真的很變態！」

吳以恩看著那些日用品，搖搖頭。

「我只是買些日用品……」

「算了，幸好有派上用場。」

「是啊。」

看著眼前的女孩，南思遠沒發現，這是第一次兩個人格達成共識。

※

然而長夜漫漫，齊寶旋吃了一肚子的悶虧，輾轉來到她弟弟的別墅。

「真是稀客。」齊寶哲揚起輕浮的邪笑。

「你不是專門搶女人？我搶輸了男人，你終於有機會表現了。」

「這麼難得，這世上還有妳搶不過來的男人？」

「不是我搶不過來，是必須有人幫我把那個女的推開。」

「那沒什麼問題，新仇舊恨也該處理了。」

「事成之後，你要什麼職位我跟爸說一聲？」

「算了吧，我現在花錢逍遙自在，哪需要什麼工作。」

「真是一灘爛泥。」齊寶旋明明是來拜託人，卻依舊傲慢無禮。

五章・遺失未來

【看著過去，等於背對著未來，看不見未來，也不能以為那不存在。】

說好的全民狗仔呢？

是的！

喝醉的員工不小心把他倆的吻照貼在社群網站，黃金單身漢不再單身的消息一早就閃電般傳開，此刻魏家兩老看著電腦螢幕，只是相視而笑，早就在想這兩人哪時才會誠實面對自己的心。

「你女兒要嫁豪門了，開心了吧。」魏媽媽驕傲地說。

「豪門的碗不好端，說開心倒也還好。」魏爸爸只是平常心看待。

「也是，冬瑤長大了，應該自己看著辦。」

※

睜眼，魏冬瑤看著熟悉的粉色天花板。

昨晚的記憶和頭痛一同襲來，讓她覺得暈眩難受……起身就見桌上那些眼熟的日用品，看著眼熟卻又都是新品？

身上的衣服都沒換，妝容也還在，感覺就只是被人扛到房間就丟著不管了，這種作法好像在哪見過？

她沒想太多先拿著浴巾去浴室，也沒發現換洗衣物是南思遠的運動衫，那也是因為南思遠見過她在家都穿魏爸爸的寬鬆衣服，才特地準備的。但是南思遠比魏爸爸高許多，那件運動衫於她而言根本是居家洋裝，當上衣穿有點太長。

房裡空無一人，魏冬瑤穿著和家裡相似的地板拖鞋到處開門探找南思遠的蹤影，看了看時間心想他應該去上班了，最後還是忍不住來到他的房間逛逛，一進門就瞥見桌上螢幕裡被寫成頭條的吻照，她湊近想看清楚……

「天啊……全世界都……以為我們是一對！」

「而且為什麼留言都是祝福？沒什麼罵聲？」魏冬瑤不解心想：「超搶手黃金單身漢死會，難道沒人怨恨我嗎？」

（下拉留言）

「難怪飛皇會出這麼可愛的品牌，原來是老闆戀愛了！」

「就是說啊，無緣無故的！」

「他們之前一起出國玩就在一起了吧？」

「有傳言說冬好眠系列是女方喜歡的香味。」

「太浪漫了吧！」

「那春天要上市的櫻之河系列該不會也跟女方有關？」

「好想知道完整版喔！」

「有什麼完整版？」魏冬瑤看完一整串留言，莫名也想知道所謂的完整版，不禁覺得自已被留言牽動的想法很好笑。

起身在書桌附近偷偷翻找，還真被她發現一個資料夾。

裡面夾著幾張照片、幾張試香紙、寫了幾個企劃……

其中有一張照片，是去韓國時，他用手機拍下魏冬瑤陷在白軟枕頭裡安睡的照片，那就是冬好眠系列的最初由來，之後所有的研製過程都被他細心記錄在資料夾裡，寫著一種又一種測試配方、結果，甚至親自試用、紀錄感想……。

翻頁之後，是一張她望向櫻花河的唯美背影照，當時她不願離去才想著替她拍幾張就能哄她走了，此刻卻成為即將上市的春季彩妝「櫻之河」系列概念，櫻花瓣點綴在水藍底色的包裝，將來會用在所有彩妝品，成品鋪排開來就像櫻花河般吸引眾人目光。

除了這些之外，南思遠還因為去韓國見她買了一堆漸層唇妝口紅，特地將口紅切面塑造出櫻花瓣上的漸層，集結深淺不同的粉色在一支口紅上，方便給女孩們創造不同的唇色。

一個大男人的資料夾裡都是詳細的彩妝資訊，魏冬瑤難以想像地笑了出來，桌上還放著一條包裝好的櫻之河口紅，底下壓著一張眼熟的照片。

「這不是……」那是魏冬瑤放在桌上被偷走的那一張照片，她拿起來翻看，一直沒發現玻璃隔板裡的倒映，就只當是她在咖啡館自拍的照片。

翻到背後，寫著一行字……

『只有你急著得到幸福……那不是愛。』

「什麼意思？」魏冬瑤又翻回正面，這才赫然發現玻璃倒映裡有個他，那時明明才剛脫離人海與悶熱，他沒有一絲抱怨已經令人愧疚，卻還用告白時的眼神看著她。反應遲鈍的魏冬瑤終於發覺有個人很認真並且很委屈地愛著她。

至少在這之前，她只覺得富家子弟的感情遊戲她不便加入，現在想想……或許這些富家子弟也深受刻板印象的迫害，因為媒體總是為了娛樂效果放大齊寶哲那種作為，久而久之人們習慣只靠謠言去認識一個離自己遙遠的人物。

魏冬瑤掌心貼在心口，靜靜回想自己逃避已久的心跳，原來不是慌張、緊張、害怕，只是因為……太喜歡他了。

因為喜歡他，所以每次咖啡都買兩種口味讓他選。

因為喜歡他，所以不介意他突然來自己家吃晚餐。

因為喜歡他，所以怕別人傷害到他最重視的公司。

因為喜歡他，所以怕他真的委屈自己娶了壞女人。

因為喜歡他，所以怕會錯意的舉動讓他覺得可笑。

所以一直保持著跟喜歡其他人一樣的距離，只要能在身邊幫到他一點什麼，能看他偶爾一笑，其他就都不重要。

坐在他的書桌前，魏冬瑤獨自想了好久，決定打一通電話給他。

正在會議中的南思遠發現手機來電是她，連忙舉手示意會議暫停，起身和大家說了句：「不好意思……」一邊邁出會議室。

「喂？」

「你在哪？」

「在開會，怎麼了？」魏冬瑤總是傳訊息給他，很少直接打電話給他，看到來電的時候他也感到意外，還以為出了什麼大事。

「你知道……今天早上全世界都以為我們是一對了嗎？」

「知道……妳生氣了？我可以開記者會跟他們解釋。」

「不用了，該生氣的應該是你。」

「為什麼？」

「因為我在亂翻你房間。」

「呵，翻吧，也沒什麼見不得人的東西。」

「喔！那我就恭敬不如從命了。」

「我下午會去妳家拿衣服，到時候翻回來就行了。」南思遠笑了笑說。

「不行……！」魏冬瑤在話筒的一端激動吶喊。

「呵呵，晚點說，我先去開會了。」

「嗯。」

結束通話，南思遠藏不住臉上笑意，一踏進會議室大家似乎都知道他剛剛在跟誰通話，那一雙雙知而不言的眼神，提醒他悄悄收起過於明顯的喜色。

「剛說到哪？」南思遠回頭看一眼潤筠。

「櫻之河彩妝，進駐網路美妝商店事宜。」

「延續雙代言人的熱度，我希望櫻之河妝容示範照也由代言人來做，還是你們有其他建議？」

「總經理不辦個活動嗎？櫻之河上架時正好是情人節左右。」米羞似笑非笑看著開始控管不了表情的總經理，感到有趣。

「情人節嗎……你們有什麼想法？」

「網路上有人希望……」米羞欲言又止，還轉頭看看其他員工，大家眉目傳情、神祕兮兮，終於宅宅忍不住拿出一張留言截圖說：「大家希望知道品牌研發背後的『小故事』，我們是認為這個『小故事』可以成為情人節行銷的好方案。」

「不過怕魏小姐覺得自己被消費，所以……」

「她都當代言人了，你們現在才擔心她會覺得被消費，好像有點晚了。」南思遠說。

「那總經理也認為可行嗎？」米羞揚起嘴角追問。

「我再想想……」

「我覺得櫻之河系列十分適合送禮，情人節許多男士不知道要送什麼才好，亂送又惹女生不悅，我們可以撰寫一篇選禮專欄，宣傳活動讓他們拿著女友照片給櫃員評估彩妝禮盒種類，還附一張卡片。」宅宅突如其來對情人節送禮有了專業見解，眾人不禁跌破眼鏡驚訝地望著他。

這些其實是潤筠告訴他的，自從潤筠知道他是粉絲團管理專員之一後，兩人的交情突飛猛進，潤筠身為祕書不便插手的企劃事務都悄悄由他轉達。

「哎呀！我們宅宅進化了？竟然還懂這些！」米羞拍拍他的肩，揚起嘴角探問：「是不是也談戀愛了！」

「哪有！」宅宅反應特別大，會議室裡揚起一場笑鬧聲。

※

下午，南思遠去了魏家一趟要幫魏冬瑤拿換洗衣物，按下電鈴之後卻是魏爺爺開的門。

「不好意思……」南思遠和威嚴的魏爺爺面面相覷幾秒，才行禮說：「您好，我叫南思遠，是魏冬瑤的……上司。」

「進來再說吧。」魏爺爺指著客廳的位置，說：「坐下。」

南思遠心中莫名忐忑，總覺得在鐵的紀律之中長大的魏爺爺，會無法接受孫女的八卦新聞上頭版，昨天還在外面跟男人過夜，這會兒更不知道該怎麼開口說自己是回來拿女方的換洗衣物……

「我知道你是誰，我只是想問……你跟冬瑤是什麼關係？」魏爺爺果然一針見血，畢竟自從夜店鬥毆事件，他也開始默默關注兩人的關係發展。

「我對冬瑤是認真的，為了守護她現在擁有的幸福快樂，我可以付出一切。」南思遠嚴肅認真的神情不輸魏爺爺，也慶幸他直接問重點，不然這種事越迂迴越說不清。

「你最好記住你現在說的話。」魏爺爺冷靜而嚴肅的交代：「要是你沒做到，雖然我年紀大了，還是有方法治你。」

「我比誰都希望她過得好，這點爺爺可以放心。」

「好，你是要來拿她的東西吧，去吧。」魏爺爺好歹也年輕過，看他們一起出國玩、回國那陣子風波不斷又住在一起一陣子，現在又在夜店玩到夜不歸宿……

只能說，年輕真好！

長輩甚至都做好魏冬瑤改天有可能公布未婚懷孕的心理準備了。

雖說時代進步神速，價值觀也不同了。但魏冬瑤並沒有打算在人生規劃裡出現未婚懷孕的事蹟，至少她希望自己在某個領域闖出一番成就後，才甘心把後半人生奉獻給自己的家庭。

只是看似天真的她，從未提過這些想法，隨遇而安的她在家人眼裡依然是個不經世事的大孩子……。

南思遠拿了一套衣服用來取代魏冬瑤昨晚身上穿的聖誕裝，以便她回家途中不被側目，走到房門口南思遠又回頭看向書桌，猜想她不知道在書房裡翻出什麼祕密，等會兒見面她又會說些什麼？

下樓之後再度向魏爺爺行禮道別，南思遠恭敬地關上大門，總算鬆了口氣。似乎可以理解魏冬瑤為什麼喝了點酒就死都不願意回家，這種嚴肅的氣氛真不是長年獨自生活的他可以適應的。

※

明明是回自己家，南思遠卻站在門口躊躇許久才轉開門鎖。客廳的燈和電視都亮著卻沒人在，他好奇地往客廳後方探頭，發現廚房有個忙碌的背影，吧台上擺滿家常菜。

「洗洗吃飯囉。」魏冬瑤若無其事地指揮他。

「衣服帶回來了。」

「喔。」

「我……見到妳爺爺了。」

「什麼！」魏冬瑤停下手中的動作，眼神頓時充滿了擔憂。

「他沒罵我。」南思遠瞇起眼笑著，似乎感到自豪。

「我爺爺本來就不罵外人……」魏冬瑤扁扁嘴，心想回去之後還是死定了。秋後算帳的預感讓她起了一身雞皮疙瘩。

「不過妳都不小了，妳爺爺難不成還會拿家法打妳嗎？」

「打人事小，我爺爺一講起人生大道理可以持續一兩個小時……讓你跪著聽！」魏冬瑤無奈的臉，顯然已經在做心理準備了。

「那如果這次妳沒被訓話呢？」南思遠拿了筷子打算偷吃。

「那……就奇怪了，你跟我爺爺講了什麼會導致這種結果？他很——難——被說服欸！」

「妳真的要聽？」

「嗯？」

「我說：『我對冬瑤是認真的，為了守護她現在擁有的幸福快樂，我可以付出一切。』」

「天啊！好噁心！」魏冬瑤嫌惡的表情一點也沒掩飾。

「我是認真的。」南思遠放下筷子，嚴肅地說。

兩人視線交會沉默了幾秒。

「所以你期待我回答什麼？」

「『知道了。』這樣。」

「……知道了。」

「好乖。」南思遠伸手摸摸她的頭，愉快地轉身去浴室。

「我早就知道了。」看著南思遠走遠的身影，她淺笑心想。

翻看紙袋裡的衣服，她以為南思遠會幫她選一件小洋裝，結果是一件高領內搭、白色毛衣、窄管褲和一雙中筒靴子。

「他是去選自己想穿的嗎？」魏冬瑤看著這套中性休閒的搭配，蹙眉不解，但是為了能早點回家請罪，她趕緊換上這套便服打算吃完晚餐就回家。

「原來妳衣櫃有這種衣服，冬天就是要穿這樣才正常啊！」南思遠穿著長袖白棉衫、黑色運動褲從浴室走出來，指著她的高領和長褲點頭。

「你……平常走在路上是不是喜歡看帥哥多過看美女？」魏冬瑤此刻只想懷疑他的性向。

「我走在路上沒注意過別人，通常都在想公司的事。」

「喔。」魏冬瑤心想：「這個回答簡直是官方正解，不會造成什麼遐想，算他厲害。」

「對了，那支口紅妳是不是……」

「收下了。」

「可是那是情人節才打算送妳……」

「反正你整個系列都是拿我當靈感設計，有差什麼時候送嗎？」

「妳還翻得真徹底……」

「你自己說盡量翻的。」

「好啊，這樣就省得解釋。」南思遠沒一會兒就吃光那些菜，說：「我們如果結婚，是不是就像這樣過日子？」

「不是。」魏冬瑤毫不留情地潑他冷水。

「為什麼不是……」

「因為我是職業婦女，不是加班就是在書房裡翻譯，準備晚餐那是偶爾。」

「看來妳想像過了啊！」南思遠看著不小心跳進陷阱的她，揚起了嘴角。

「……」

「先不說這個……」南思遠放下筷子，回頭去拿了一份文件交給她：「妳看一下這個情人節選禮方案，教人選擇禮物的專題讓妳負責撰寫，沒問題吧？」

「沒問題啊，這個點子潤筠之前有跟我講過。」

「可是這不是她提的。」

「不然是？」

「阿宅提的。」

「喔……可能兩個人交情匪淺吧。」

「像我們這樣嗎？」

「……」這次魏冬瑤不會再往陷阱裡跳了。

「呵，不鬧妳了，我載妳回去吧。」南思遠起身去拿鑰匙。

「不用了，我坐公車也行。」

「走吧。」南思遠牽起她的手下樓，連警衛都知道他們的關係匪淺，因為這些年來南思遠的家，除了南董之外就沒有其他人來拜訪過，魏冬瑤甚至被他加進特殊出入名單，如同這裡的住戶可以自由進出。

魏冬瑤看著他的背影，穿越一盞又一盞暗夜廊下的燈，想起他在照片後面寫的那句：

『只有你急著得到幸福……那不是愛。』

她想了一個下午，才有點頭緒。

「急著得到幸福，就表示……你現在過得不幸嗎？」魏冬瑤此話一出，南思遠突然停下腳步，回視的雙眼閃爍著困惑不安。

「妳說什麼？」

「你偷了我的照片，是為了偷到一點幸福嗎？」

「……」

「還有那些日用品……是為了挽留幸福的日子嗎？」

南思遠無話可說，他甚至不明白自己做那些事的目的是什麼，有時候會把這些行為歸咎在另一個人格身上，不去探究原由，另一個人格也是如此推託、逃避，造成他老是做一些自己解釋不了的行為。

「我不知道。」

「所以你是喜歡我，還是羨慕我？」

「我不知道……」

「我喜歡你這個人，喜歡你認真過日子、為所有人著想的樣子，但原來……你從沒為自己著想過。」魏冬遙看著南思遠逐漸沉重的神情，她有些後悔把話毫不保留地說出口，只能心疼地上前擁住他，說：「那也沒關係，以後我會為你著想。」

就在這句話之後，南思遠靜靜落下一滴淚，僅僅一滴落在她肩上的重量微乎其微，他便沒再哭泣，因為他深知獲得幸福的方式，不是成為她的負累。

即便只是微乎其微的負擔，也不想帶給她。

※

回到家裡，魏爺爺聽說下午就搭車回老家了。

「就這麼不想見孫女嗎？」魏冬瑤都做足了心理準備，竟然沒見到爺爺一面，總覺得損失了什麼。

「爺爺說妳長大了，也該知道自己在做什麼了，不然他以前就白唸妳了。」魏媽媽若無其事半躺在沙發上說。

「真的？你們也這樣覺得？還是你們覺得女兒嫁入豪門跟中樂透一樣，先開心再說？」

魏冬瑤坐到魏媽媽旁邊追問。

「媽覺得妳爺爺會這樣講，肯定是有他的道理，或許南總通過審核了？」

「是這樣嗎？」

「如果沒通過審核，妳知道下場不是這麼簡單吧……」魏媽媽瞇起眼睛，氣氛頓時一陣發寒。

「也對。」魏冬瑤點頭心想：「看來南思遠是連爺爺都認證的好人……這真的跟中樂透一樣值得開心了吧。」這才揚起微笑說：「既然你們都沒意見，那我上樓工作了！」

此後，南思遠不管出席什麼場合身旁一定都有魏冬瑤，短短一個月他倆就成為政商界「最看好情侶檔」，兩人都不曾有過什麼花邊新聞，同時又是工作上的默契夥伴，攜手打造路西亞美妝的佳話，人盡皆知。

這天，他倆一同出席首屈一指的網路商店周年慶晚會，畢竟情人節時段要在他們的網路商店開幕上架，連帶活動消息也委託一併宣傳。

齊寶哲也難得和他姊一起出席這種正式場合，只是跟南思遠距離很遠，幾乎沒有交集……

「南總，之前講過的事情有些變動，我們老闆想跟你單獨談談，請你到會客室一趟。」

穿著西裝、掛著員工證的男人，向南思遠有禮的邀請，他也不是沒遇過談公事不喜歡有女眷在旁邊的大老闆，不疑有他。

「妳先在這逛逛，我很快回來。」南思遠回頭淺笑交代。

「好。」魏冬瑤微笑揮手，目送那兩人走遠之後，心想找個地方坐下，不然高跟鞋又要磨破腳跟了。

才剛找到一處不用擔心旁人眼光的冷清走廊，抬頭就見齊寶哲笑盈盈地跟過來，她想起身迴避卻來不及。

「欸——！好久不見了，魏小姐自從上次一見可以說是一路竄紅啊！我真是望塵莫及。」魏冬瑤不耐煩地轉身打算離開，他卻伸手將她狠狠拉回座位，雙手擋去她的去路，喊道：「想去哪？這裡有櫃台守著，不至於不安全吧！看妳緊張的！」

魏冬瑤望向他身後的櫃檯人員，竟然裝作沒看見行為舉止這麼低級的人！如果不是早被齊寶哲收買，就是冷漠至極的旁觀者。

「你想做什麼？」魏冬瑤推開他不斷逼近的臉，女孩們最期盼的壁咚，此刻非但沒有令人感到浪漫還讓她想報警，魏冬瑤好不容易才悄悄摸到手機就被他搶了過去……

「哼，哥是內行人，妳這點小動作就別使了。」齊寶哲在她耳邊說話產生的熱氣，讓她感到噁心，推不開這個人又躲到沒地方躲……求救的眼光只能落在那個冷漠的櫃檯人員。

他卻像看到一般情侶放閃那樣，別過頭裝沒事！

「別怕，哥是內行人了！」齊寶哲不客氣地伸出鹹豬手。

同時，走向會客室的途中，南思遠拿出手機讀了來自潤筠的訊息……

「今天朱董人在新加坡趕不回來，與你約下周會面細談。」隨即抬頭看向那人背影，眼神不若方才親和，像是換了一個人似的，毫無猶豫轉向奔離。

「欸！」那人眼看追不上南思遠也只好放棄，畢竟他只是領錢辦事的工讀生。

南思遠直覺剛才會場裡有雙眼神讓他很介意，突然齊寶哲輕浮的態度浮現在眼前，此刻的他，藏在身體裡的兩個人格都絕對無法忍受他再對魏冬瑤做出夜店裡那種行為！

飛奔的腳步停在冷清的走廊上，不遠就看到齊寶哲臉頰緊貼著魏冬瑤臉龐，正在戲謔地笑著，魏冬瑤的掙扎和恐懼一幕幕如針扎在心上，他忍不住握緊拳頭衝了上去。

一股莫名強大的力量將齊寶哲扯離魏冬瑤，那一秒南思遠瞥見她眼底驚恐，腦海彷彿有什麼一閃而過，眉心一蹙，回頭便開始毫不留情對齊寶哲往死裡打。

直到齊寶哲頭破血流，倒在地上不能動彈，南思遠滿手是血也沒停下，瞪大狠戾的雙眼，看著地上非死即殘的人，發出可怕的冷笑才終於罷手。

回頭他望向魏冬瑤，卻見她驚恐的神情一點也沒緩下，她不敢相信自己剛剛看到的那一幕，不敢相信他有這麼可怕的面目。

南思遠甩開手上的血跡，向她前進，她卻恐懼地往後退縮。

突然之間，南思遠用一雙染紅的手抱頭低吼，他也困惑自己剛才做了什麼，回頭看見周圍因為他而產生的混亂、驚恐，保全和警察從不遠處湧上，他痛苦又害怕地往反方向逃走……

『這一切都是**他**害的！要不是**他**，母親也不會驟逝！要不是**他**，唯一的妹妹也不會被強迫分送到另一個家庭！』

腦海中染成一片紅的記憶蔓延開來……

十三歲那年。

吳以恩親眼看著晚下班的母親，被在家無所事事、喝酒賭錢的父親誤會在跟別的男人私會，把母親毆打到昏死，本來以為母親隔天又會堅強地醒來，對他微微一笑去上班，發薪水的日子或許會帶一杯焦糖瑪奇朵回來給他。

但是沒有，叫不醒的母親帶著一身傷痕靜默離世。

葬禮上父親呆滯的神情，看在十三歲的吳以恩眼裡是冷血無情，自此以後，父親非但沒有改善，還變本加厲到處借錢酗酒，甚至逼他當保證人借了高利貸。

為了完成母親的期待，吳以恩忍受這一切，往來打工和學校之間，卻忽略了妹妹……

十五歲那年，九歲的吳以書因為討債人來家裡大鬧而害怕地嚎啕大哭，反而被喝醉的父親毒打一頓，直到吳以恩放學回家，看見妹妹一身傷倒在地上，以為又要失去一個親人，那時做了苦工兩年的他，不再手無縛雞之力……

為了拯救妹妹和自己，他衝進客廳一拳又一拳落在父親臉上，無視他的掙扎哀號，始終沒有停下拳頭……當他恢復意識時已經滿手是血，他卻鬆了口氣似的冷笑，洗了手、打包行李，揹著妹妹去醫院。

後來父親的死被歸咎在找不到兇手的討債人，兩個無辜的孩子被分別安置在不同的家庭，從此過著截然不同的人生。

春雨如箭落下，洗淨他手裡的鮮血，卻洗不掉他記憶中的傷。

最後，是南思遠帶著吳以恩逃走了。

齊寶哲被送往醫院，急救之後多處骨折，大概要躺在病床上好幾個月，晚間新聞裡的馬賽克讓人不忍直視，飛皇製藥因為總經理的失控與失蹤士氣陷入一片低迷。

關於齊寶哲差點被打死的事件，南董在驚駭之餘，第一時間保留了監視器畫面，完整記錄齊寶哲令人非議的舉止，順便讓秘書聯絡齊董希望此事不要張揚，選擇私下和解。

此後，不管大家再怎麼找，都找不到南思遠的消息，媒體上的風風雨雨也隨著找不到南思遠而逐漸淡去。

魏冬瑤那日之後整整一個月沒有開口說話，只要想起那一幕她就不住心痛落淚，她始終看不清他心底藏著什麼陰影，竟能不著痕跡地掩飾那麼長一段時間，當下一瞬間爆發的能量對比他心中的傷痛，讓她不忍推敲……

雖然再也沒南思遠的消息，卻依舊有張明信片會定時寄來。

「我看到新聞了，這次不開玩笑了，希望妳沒事。——向晚」

「妳還好嗎？少了他一個好人，世界上還是有許多好人能選，相信妳值得幸福的未來。——向晚」

「我也離開她了，或許這樣就能理解妳對他的想念，但時間從不為了遺憾止步……妳說是嗎？那就別再為了遺憾花時間嘆息了。——向晚」

魏冬瑤收到之後就只是靜靜看著那些字句，然後放下信件，一雙死寂的眼神沒有任何波動，也從沒回過一封信。

在她和平無瑕的世界裡，無法想像南思遠活在什麼樣的過去，那些過去讓他的眼神透露著不安，讓他自稱活在不幸中，甚至讓他不敢伸手抓住擁有幸福的機會。

夜深人靜時，她總是獨自蜷縮在床上哭泣。

原以為坦承了自己的愛可以得到他的信任，但為什麼他還是選擇一走了之？細想了許久，她才終於發覺是自己當下的眼神……不可置信的眼神彷彿將他視為來自地獄的魔鬼，拒絕他的靠近與坦承。

是自己的雙眼，讓他看見絕望的。

當她推敲出這個真相時，不禁自責痛哭，或許再也等不到他的解釋，也找不到向他解釋的機會了……

※

三年，南思遠當年的失控彷彿不曾發生，那件事卻徹底改變她的人生。

此刻，魏冬瑤身邊多了一個兩歲的男孩，臉上也多了些笑容。

這天，她帶著小男孩到一間咖啡館裡吃蛋糕，有個氣質文靜的樸素女子向她走來……

「妳好，我叫童以書，請問妳是魏冬瑤嗎？」她忍不住往小男孩瞥了一眼。

「請問妳是？」魏冬瑤總覺得這個名字有點耳熟。

「我是……南思遠的未婚妻。」

「……」魏冬瑤嘴角僵硬地笑著，掩飾內心的不可置信，故作鎮定。

「他說沒臉見妳，所以託我來告訴妳……他現在過得很好，希望妳也是。」

「是嗎……過得好就好，祝福你們。」魏冬瑤已經不若從前天真，臉上也不再出現恣意的笑容。

「看來，妳也過得很好。」童以書看她耐心地替小男孩擦嘴，心中猜想：「這個孩子是誰的？」卻不敢多問。

「反正……時間從不為了遺憾止步……不是嗎？」

「妳能這樣想，我想他也會放心不少。」童以書看了看錶，說：「那……妳還有話想轉達給他嗎？」

「我希望他是真的過得幸福……」

「好，我會轉達的！我還有事要先走了。」

「好，保重。」

「妳也是。」

童以書站在咖啡館外，悄悄拍下她與小男孩的畫面，帶著照片搭上客運，轉搭乘計程車，一路駛往偏僻的鄉鎮，回到她的老家。

推開那扇老舊無鎖的綠紗門，有個頹廢的人影窩在角落發愣，時常一愣就是一天，若不是兩年前童以書大學畢業，找機會回老家祭祖，也不會發現原來失蹤已久的哥哥是躲在老家的角落，狼狽地活著。

那一刻她忍住鼻酸，緊擁著南思遠，他卻沒有任何回應，只是不斷流下眼淚。

童以書為了照顧他，跟養父母說了一聲就在老家附近租了套房住下，每天往來給他帶飯、哄他吃飯，看著他死寂的眼神，心痛不已。

終於，在照顧他一個月後才聽到他說第一句話：『她怕我……我是不是變得跟**他**一樣了？是不是以後也會不分青紅皂白傷害最愛的人？是不是？』

『哥……』

『妳也別來了……我也怕我自己。』

童以書伸手輕撫他的肩，努力地搖頭，努力想忍住心疼的淚水。

就這樣過去三年，一個月前，向晚的明信片有了第一張回信。

「不管你信不信，我相信他會回來。

我還欠他一個解釋，他也欠我一個說法。

這輩子還不了，大不了就等下輩子。——冬瑤」

那一刻他看似復原的心又碎了一地，抱頭哭喊著：「為什麼要等我……別等了……」

真相何其殘酷，連他自己都不願意面對親手殺死父親的事實，告訴自己多少萬次，是那些高利貸下的毒手……不是他做的。還是無法改變事實。

甚至以南思遠的身分活著之後，始終不願面對吳以恩犯下的錯。連他自己都難以明白這些掙扎與糾結要怎麼處理，才容許兩個靈魂拉扯著對與錯。

直到魏冬瑤驚恐地看著他，他彷彿醒了，看見當年驚恐的自己，同樣害怕著某個人，卻也同樣在重複「他」所做的事。

南思遠不容許吳以恩扭曲的正義，但在迫切的情況下，找不到更好的方式守護他所愛的人時，他依賴吳以恩的正義能及時替他拯救自己所愛的人。

當南思遠開始認同吳以恩的作為，一切都失控了。

他趁著最後一絲理智還在，逃離他深愛的人身邊。

『這是最後的辦法了，我不知道自己會變成什麼怪物，沒有人知道妳是我妹妹，我拜託妳去叫她別等了……說我要結婚了。』

『你明明還愛她，怎麼能……』

『哥這輩子除了拜託妳過得幸福之外，就只拜託妳這件事。』

『可是……』

『別可是了，我答應妳，解決這件事之後，我會振作。』

『真的？』

『我何時騙過妳。』

『我知道了。』

此刻完成任務的童以書，拿了手機給他看。

「這是她兒子，我親耳聽見他叫媽，是哥的孩子嗎？」

「不是……」南思遠接過手機，緊握著。

「那會是誰的？她或許沒有哥想像中的偉大，還說祝我們幸福！說什麼欠你一個解釋，她什麼也沒解釋啊！」

「不重要了……」南思遠把手機還了回去，卻沒有實踐承諾振作起來，依舊爛在陰暗的角落裡嘀咕：「她幸福就好……幸福就好了……」

童以書嘆了一聲便離去，她也拿這哥哥沒辦法了。

魏冬瑤回到家裡，拿出裝滿照片和明信片的木盒子，櫻之河的相遇彷彿歷歷在目，她不禁心想，若是當年沒有相遇，是否自己的人生會一直美好下去？

「媽咪……」小男孩伸手拿了糖果要給她。

「給我吃的？」小男孩搖頭，她又問：「要我幫你開啊？」看著小男孩點頭，她淺揚嘴角撕開包裝將糖果遞給他，不忘溫柔地叮囑：「等一下要吃飯了，只能吃一個喔！」小男孩點點頭就跑遠了。

回頭，魏冬瑤看著桌上擺滿已然遠去的記憶，選擇不願多想。

蓋上木盒子之前，卻瞥見一張小卡上寫著：『祝好眠！——思遠』

心裡赫然一震……動手翻出所有向晚寄來的明信片，發現南思遠的「祝」和「好」字跡跟向晚一模一樣！

「向晚……到底是誰？」魏冬瑤回想去日本自由行那夜，有個人倒在６０８號房前，之後那個人自稱向晚時常寄明信片給她，閉上眼細細回想……忽然有個物品掉落的聲音伴隨一陣香氣，睜眼，是小男孩弄倒了那罐冬好眠化妝水。

「木質香！」她想起當時把醉漢拖進房間，酒味覆蓋一陣陌生的香味，魏冬瑤拾起化妝水嘀咕：「原來向晚是你……」

「小夥子，吃飯了！」魏媽媽衝上來抱走小男孩，轉身前順便叮囑魏冬瑤：「妳也快點下來吃。」

「嗯。」魏冬瑤應了一聲，揚起嘴角心想：「你這個膽小鬼。」

原來根本沒離開。

原來三年間這個男人還是默默關心著她，沒有因為當年不可置信的眼神而選擇恨她，或者選擇離世……那已經是最好的結果了。

但是還不夠，既然向晚老是不停偷偷打聽她的消息，她也要有所回擊！

三日後，一張喜帖寄到南思遠手裡，上面寫著：「我被負心漢甩了，決定隨便找個人結婚了，畢竟未婚媽媽不是那麼容易得到幸福的，不是嗎？你會來參加婚禮吧！只見過一面的好朋友？——冬瑤」

南思遠看見這些字，心裡焦慮地咬緊牙根，手也不受控地捏緊紙張……

「她要隨便嫁了，你開心了？」南思遠說。

「我本來就不打算離開，是你這個懦夫逃走。」吳以恩說完，南思遠卻沒有反駁。

吳以恩反客為主的當下，他起身奔離了老家，跑往車站。

「不攔我了？」吳以恩問。

「你知道我相信你……我卻不該相信你。」南思遠矛盾的話聲在心底響起。

「我知道你還愛她，我也是。」吳以恩說出了重點，驅使他們往相同目的地奔去，毫無猶豫地加快腳步，一心只想阻止她犧牲自己的幸福，踏入潦草決定的婚姻。

夜裡，下著微涼春雨，他冒雨站在巷口，看著魏家溫馨的燈光不敢更靠近，透過路邊的車窗倒映，他看見自己已經不像從前體面風光，現在的他太狼狽一定會把她嚇壞，但又忍不住躲在一旁期待她能走出那間屋子讓他看一眼。

「媽咪……」小男孩突然害怕地抱緊魏冬瑤，她沿著小男孩視線望去，有個狼狽的人影在偷看魏家。

「南思遠？」那人聽見呼喊，回頭看了她一眼又遮著臉往暗處隱身，魏冬瑤靜靜看著他無處逃竄的身影，淺笑心想：「果然回來了。」沒再前進逼他，反而認錯人似的，若無其事先將小男孩送回家。

雨漸漸停歇，魏冬瑤又往剛才的巷口走去，依舊能看見捨不得離去而藏身在暗處徘徊的他……

「南思遠？還是應該叫你向晚？」魏冬瑤站在路燈之下說：「你還是回來了，為什麼逃走？為什麼不跟我解釋？為什麼騙我？」

「我沒騙妳……我真的要結婚了。」南思遠瑟縮在陰影下，還是無法理直氣壯站到她面前。

「也是，如果你真的騙我，應該要說：『我不愛妳了。』對嗎？」

「我……」

「三年了，我想了很多，我欠你一個道歉。」

「妳沒有對不起我。」南思遠低下頭，不敢與她對視。

「對不起，那天不應該那樣看著你，是我沒能相信你才對你產生恐懼。」魏冬瑤說完，他終於抬頭看著她。原本以為所謂的道歉，是因為她跟別人生了小男孩。

「說好以後我會為你著想的……是我沒做到。」魏冬瑤紅著眼，終究忍不住眼淚，淚水卻讓他眼裡的溫柔重現，悄悄走出陰暗，伸手撫去她無法停止落下的淚。

「說好不顧一切守護妳擁有的幸福快樂……我也沒做到，我們算是扯平了，我只希望妳能遇見比我更好的人，陪妳度過下半輩子。」南思遠低頭看了一眼不斷發光的智慧型手錶，那是童以書替他準備的，就怕他像今天這樣突然消失。

「以書啊，」不等魏冬瑤說出挽留的話，他按下通話鍵假裝幸福地說著：「我來見冬瑤……跟她好好道別就回去，妳別擔心。」

「她就是你作夢也會喊的以書嗎？」結束通話之後，魏冬瑤問起。

「呵……對啊。」

「你一定很愛她，那我就放心了。」黯淡的路燈照不清魏冬瑤低下頭的情緒。

「我就知道你會來找她……。」魏冬瑤身後冒出一個人影，童以書冷漠的聲音傳來。

魏冬瑤回頭看見是她愣怔一秒，急忙向她解釋：「抱歉，從前是我介入你們之間，以後不會再有這種事了，我是真心祝福你們……」她看著童以書的雙眼，毫無迴避地道歉。

「……那妳為什麼要刻意把他引出來見面？」童以書苦著臉質問。

「我只是想知道他為什麼一聲不響就離開，但是現在知道這些也不重要了。」魏冬瑤輕嘆一聲，彷彿釋懷，更對於兩人之間的遺憾無可奈何。

「咳、咳……」南思遠淋了許久的雨，已經面色蒼白有些站不住，為了不讓她擔心，趕緊道別：「不打擾妳了，我們先走了，不要拿自己的幸福開玩笑，妳一定能遇見比我更好的人。」他勉強揚起笑容，卻難掩此刻的狼狽至極。

看著南思遠匆忙離去的背影，魏冬瑤說著他聽不見的細語……

「但是怎麼辦，我覺得這世上再也沒有比你更好的人了。」

※

午夜，南思遠高燒不退被送進急診室。

童以書站在一旁焦急等待醫生的診治結果，床上意識模糊的人不斷喊著讓他變成這個樣子的名字：「冬瑤……」

「她到底有什麼好？對你是真心的？難道當初不是因為你是總經理才靠近你？一出事她就跟別人生孩子……你真是大傻瓜！」童以書心想，卻還是忍不住撥了電話給魏冬瑤，心底有一絲好奇她知道這消息會是什麼嘴臉。

「喂？」

「魏小姐……」

「嗯？」

「他在急診室，妳能過來一趟嗎？」

「誰？思遠嗎？」

「嗯。」

「我馬上過去。」沒有任何質疑，魏冬瑤拿起包包就跟家裡交代一聲，搭車往醫院去。

在急診室裡匆忙尋找熟悉的身影，就在被人群忽視的邊緣地帶有個床位，旁邊就站著童以書，魏冬瑤趕緊奔去，看到面色蒼白連熟睡時也猙獰的南思遠，她眼中的焦急不輸給童以書。

「怎麼會這樣？」

「妳還愛他嗎？」童以書冷著臉問。

「我……」

「我一直很好奇，如果妳一直愛著他，怎麼會多出一個與他無關的孩子？」

「這不是重點，他愛的是妳，從以前到現在都是。妳不需要因為我的出現而質疑他的愛……」

「我沒有質疑他的愛，我是質疑他愛過的女人是什麼樣子。」

「這……說來話長……」

「我洗耳恭聽。」

「那個孩子不是思遠的，也不是我生的。」

「……什麼意思？」童以書蹙眉不解，但也多少感受到事態複雜。

「是我堂妹的，但是她去年過世了。」魏冬瑤望向床上因為藥效發揮而逐漸平靜睡去的人，又說：「是她的死讓我找回勇氣面對現實，孩子是無辜的，我不希望他住進別人的屋簷下，看別人的臉色生活。我知道思遠也是孤兒，不希望他經歷過的心酸又重演，才決定收養的。」

「我以為妳在他離開之後，愛上別人了……只有他一個人痛苦。」

「是我對不起你們，請妳不要讓他陷入抉擇的痛苦，我會自己好好過日子不再跟他聯絡，你們就當作我沒出現過吧……」

「或許……他沒有愛錯人吧。」童以書聽完了真相，不禁欣慰一笑：「我也必須向妳坦承，其實我是他親妹妹，不是未婚妻。」看著魏冬瑤始終真誠的模樣，她再也不想繼續這種荒唐的謊言。

「什麼？」魏冬瑤不敢相信自己聽到的話。

「我哥小時候叫吳以恩，我叫吳以書，父母雙亡之後就被安置在不同家庭長大，我哥是半個公眾人物，所以為了讓我不受外界關注，沒讓人知道這件事。」

「那……」許多回憶畫面突然歷歷在目，南思遠夢裡呢喃的名字、家裡那間為小女孩準備的客房，甚至是第一次看著自己的眼神充滿了包容，原來是把她當成妹妹的替代品？

「他把我當成妳才對我這麼好嗎……？」

「妳誤會了，他是真的愛妳，他看妳的眼神跟看著我是不同的，他總是用充滿遺憾的眼神看我……就算我跟他說我過得很好，他也不信。」童以書無奈地笑著，又說：「但是我見過他談起妳的眼神，彷彿對未來有憧憬，充滿希望的樣子讓我差點相信他終於能得到幸福，卻不知道為什麼會變成現在這樣。」

「我也想知道他為什麼突然消失，一離開就是三年……或許是因為我當時的眼神造成的傷害？即便如此，齊寶哲也沒死，他明明可以回來解釋，為什麼要躲起來……」

「其實我哥還有一個祕密，我是兩年前才發現的……他常常躲在老家的角落自言自語，有時候眼神語氣會換成另一個人，那時候我想讓他去看醫生，他才告訴我他有解離性身分障礙，就是多重人格……他說這個症狀很早就有了，而且不可能痊癒，所以不願意接受治療。」

「多重人格……」魏冬瑤突然明白以前那些無法解釋的小事和語病是從何而來了！

為什麼看到兩杯咖啡有著全然不同的神情？為什麼平常親切的他會一受到威脅就暴怒成另一個模樣？為什麼照片裡時常會發現他完全不同的表情習慣？

「我猜是因為父親家暴害死我母親的關係，才造成他有這種病，那時候我還太小，記憶模糊也不足對我構成心理威脅，但是我哥不同……聽說是他把我從垂死邊緣拯救出來的，我無法想像當下他區區一個少年要承受多少打擊。」童以書抬頭就見魏冬瑤望著床上那張沉睡的臉流下眼淚。

「原來是這樣……為什麼不告訴我！」魏冬瑤伸手抓緊他領口，比起不能跟他在一起，更加心痛的是那段和他相處的日子，竟然對他心裡的傷毫不知情，如果早點知道就不會用那種害怕的眼神看著一心想保護自己的人，是否還能早點阻止他崩潰失控？

「我想你們兩個都還愛著對方，我哥除了留在妳身邊，去哪都不會幸福，但我不勉強妳收留他，只希望妳有機會能勸他接受治療。」童以書淺淺一笑，說：「我還有點事要處理，這裡可能要拜託妳顧一下，我很快回來。」

「我會照顧他，妳放心，不用趕沒關係。」

「謝謝。」童以書輕嘆一聲，離去的背影很獨立、很勇敢。

魏冬瑤終於知道為什麼南思遠總是放不下想守護的人，原來內心深處害怕自己的無能會造就深愛的人逃不出險境，但事過境遷每個人都會成長，這些獨立與勇敢從來都不是壞事。

只剩他，還沒辦法誠實面對自己的過去，已經過去了。

趴在床緣，魏冬瑤指尖輕輕描繪他的輪廓，消瘦不少之外也狼狽許多，不知不覺當年的回憶一一湧上，她不捨看似華美的總裁人生背後竟藏著斑駁的過往，這些斑駁不斷侵蝕他華美的人生表象，直到再也承受不了而崩毀。

「辛苦你了……」

※

清晨五點，冷冽的溫度讓南思遠清醒。

他不明白身旁的人為什麼變成她……不是早就在那場大雨裡劃清界線了？但是看著熟睡的她就在身邊，還是忍不住凝視，想吻她的衝動從來不曾減少，想給她的愛也從來不曾消止。

「嗯？你醒了啊……」魏冬瑤恍惚睜眼，看到南思遠盯著自己的眼神跟當年沒什麼兩樣，不禁揚起笑容，對他說：「醫生說你沒事可以出院了，所以我通知南董，他說會派人接你回家。」

「……為什麼這樣做？我沒說過要回家！」南思遠激動地起身想逃。

「你是應該回去了，以書把事實都告訴我了，你何必騙我？難道你就這麼信不過我？我已經不是以前的我了。」

「我就是不想看到妳勉強自己變堅強。」

「但是……從你離開那一刻開始就來不及了。」魏冬瑤冷靜地說著事實。

那一年她為南思遠的離去自責不已，但是他的消息從這世上消失了，怎麼都找不回他，來不及問他為什麼、來不及道歉、來不及告訴他一切都沒事了。

曾有一段時間她陷入無法自拔的憂鬱，想用自己的死訊把南思遠逼出來，那時候家裡突然出了一件大事……有個人搶在她之前，先用這種方式告別人生。

魏冬瑤的堂妹在高中時就因為受不了嚴格的家教，搬出去和大學生男友同住，上了大學卻發現男友劈腿，鬧分手的同時還發現懷孕了……

無助又害怕的她沒地方能去，以為家人會把她從家裡趕出去，沒想到家人知情後第一件事就是把她接回家，還承諾陪她把孩子養大，不需要再看男人的眼色過日子。

沒有任何責備卻讓她心生愧疚，這種狀態持續到孩子出生，眼看兩老年過半百還是接納這個孩子，和女兒已經成為媽媽的事實，半夜還跟她輪流照顧不時大哭的嬰孩。

這樣的包容卻加深堂妹的自責感，無力改變這一切的自己讓她陷入產後憂鬱，堆積多時的負面情緒一觸即發，最後在靜默的夜裡結束自己的生命。

遺書只留下一句潦草的：「對不起。」

對不起當年誤會家人的管教嚴格不是愛，對不起帶來一個孩子成為父母後半生的累贅，對不起自己的自作聰明信錯了人才造就這一切……太多的對不起讓她覺得這個世界再也容不下她，只好向這世界道別。

魏冬瑤站在喪禮上，看著簡直跟她一樣絕望自責的堂妹先選了她想選的決定，但她解脫了嗎？

看起來並沒有……

那些日子，她的父母依舊為了她的驟然離世哭倒在地，想必就算她離開這個世界，那些自責也只增不減，加上堂妹的父母不想看到這個間接害死女兒的小孩，所以連帶無辜的小孩也準備出養。

不懂事的嬰孩彷彿感受到大人計畫拋棄他而嚎啕大哭，當下魏冬瑤突然清醒，原來彌補錯誤最糟的方式是離場，離開這個世界就只能失去更正這些錯誤的機會，讓錯誤永遠被留下。

她看著無辜的孩子，突然想起傳聞中南思遠也是養子，移情作用似的，她不希望這個孩子過得不幸，如同不希望遠方的南思遠過得不幸，她便主動提議要收養這個小男孩，輾轉之間她成為家喻戶曉的未婚媽媽，她卻不曾為此多做解釋。

不想拿堂妹的遺憾來說明自己經歷了什麼，也不想否定自己是這男孩媽媽的事實，不知不覺她終於回到正常的生活步調，甚至變得更加獨立堅強……

來不及了，當年的天真一如朝露，在烈日照耀下蕩然無存。

又或許朝露不過昇華到無人能及的空中，天真從未消失只是換成堅強的型態，陪她抵禦人生的各種難關，至少她依然天真地相信——會有更好的方法，來彌補她的錯誤與遺憾。

終章・她與他

【他，是如此盡責在保護你不再受傷。
他，比誰都想好好愛著你，比誰都替你著想。
他，就是你最應該好好了解對待的——「自己」。】

南思遠重新回到自己家，南董沒有開口問他這些年去哪了？為什麼不回來？只是猜想這一切都跟魏冬瑤有關。

南思遠望著毫無變動的房間依然維持乾淨，猜想是養父做的吧，淺笑心想：「原來我離開之後也能享有他對家人的愛……」

旋開那間魏冬瑤住過的客房，為她擺設的物品都還在，時光彷彿從他離開前一刻就靜止了，讓人產生回到過去的錯覺。

『你接受治療吧。』他想起魏冬瑤在他被南董接走前說的話：『就算不為你自己，你也得把原本的南思遠還給我。』

『……妳只愛南思遠嗎？』他垂眸說：『他也只愛自己。我只是不懂一心想保護我珍惜的人錯在那？』

『你……是誰？』魏冬瑤困惑地問。

『我是為了阻止妳破壞自己的幸福而決定回來的吳以恩，南思遠為了妳的幸福帶著我逃走了，他怕我傷害妳，以為我殺了家人也同樣會殺了妳……他真愚蠢，是那個人先殺了媽又想殺以書，我才會反擊，妳又沒傷害過我，我怎麼可能害妳！但是他不信……』

魏冬瑤第一次聽見另一個他平靜地自白，內心感到震天憾地，沉默了好久都沒能回應。

『對了，他不准我向任何人提起這些，所以妳是第一個知道真相的人，嚴格來說……南思遠才是第一個知道真相的人，但是他不願意接受這個真相，也不願意接受我的存在，可笑的是……他容許我為了保護妳做出相同的事。』

『你是指齊寶哲的事？』

『是啊，他不該死嗎？』吳以恩理所當然的眼神讓她感到一絲顫慄。

『但你不是他，怎麼能斷定他該不該死？』魏冬瑤第一次和另一個他面對面談話。

『把自己無解的痛苦轉移到別人身上的人都該死！別人有什麼義務要承受他們的痛苦？』吳以恩淡漠的語氣和無比憤恨的眼神令人恐懼。

『但你也不是齊寶哲，怎麼知道他這麼做是想轉移自己的痛苦到別人身上？』魏冬瑤只想弄清楚另一個人格的思考模式，說不定有助於這個病的治療。

『因為齊寶哲跟**那個人**一樣無能，我知道他過得不好，也沒有能力改變現況，更找不到誰能包容這樣的他，寂寞、空虛、痛苦，看不見愛。』吳以恩理智地說著連別人都不曾察覺的事實，他似乎比誰都了解齊寶哲的內心。

那一刻，魏冬瑤突然明白為什麼南思遠容許第二人格存在。

原來他不壞，甚至比誰都能看清那些痛苦的人是如何過著生不如死的日子，只是他沒有能力管別人的人生，只能守護自己所愛的人不受這些人的傷害。

很自私？

狹義來說很自私。

廣義來說……

除了救世主之外，沒有人能拯救所有正在痛苦的人。

魏冬瑤頓時無法判定吳以恩的對錯，但也有些明白南思遠是如何看待這些矛盾的，想反駁但又找不到真理，想認同但又覺得其中有些謬誤。

『如果妳需要的是他的愛，我可以離開。』吳以恩大方地揚起嘴角。

『你能去哪……』

『我……大概就回到原本的位置，藏在他心裡深處不再干涉他的生活，直到哪天他或妳需要我，或許會再回來。』

『我只是希望你接受治療，找到最好的辦法。』魏冬瑤好聲勸說。

『呵呵，妳真傻，我這個腦袋智商也不低，看了不少辦法，但所有辦法都顯示其中一些人格退出就是痊癒的開始，只是從前沒有讓我退出的理由，現在倒是有了。』魏冬瑤看著吳以恩總是保有那份天真，無懼地揚起嘴角，不同於南思遠的無奈笑容，她不禁恍然明白：『原來以前看見這樣的笑……就是他。』

『對不起，也謝謝你。』魏冬瑤苦澀地說。

『其實我比較想聽見妳說愛我，不過也無所謂，畢竟妳愛著他也算愛著我，不會有人怪妳劈腿。』吳以恩開玩笑地說。

『明信片是你寫的吧。』

『有時候是。』

『特別是看起來很輕浮的時候嗎？』

『妳覺得輕浮嗎？我是真覺得妳選他不如選我。』

『呵呵。』魏冬瑤開始捨不得這樣的人格離去，苦苦笑著。

『車來了，不說這些，我答應妳接受治療，但是結果跟我說的應該差不多。』吳以恩湊到她面前，低頭輕吻她的額，像在安慰她勇敢面對接下來的離別，也像在跟她做最後的道別。

回想至此，南思遠自言自語，說：「該面對的終究要面對……」輕嘆一聲便倒在客房床上，閉眼期望能安穩睡去。

夢裡，他與他面對面，彷彿一面鏡子。

「你要去哪？」南思遠如今有些哀傷。

「我是個逍遙法外的殺人兇手，你不是早就希望我走嗎？現在看起來並非如此。」吳以恩如常那樣自信笑著，他總是認為自己是對的。

「我從沒想過要拋棄你或趕你走……」南思遠總是這麼對他解釋，卻也總是只能得到責怪與反駁。

「我知道。」這次吳以恩的肯定答案讓他感到詫異，他難得不再猙獰辯解，反而淺笑對南思遠說：「我一直都知道，只是如果承認你是對的，我就沒有必要存在了，就像現在。」

「……」南思遠流下眼淚，看著他，心中滿是無言以對的掙扎。

「我不會走遠，不過是退回原本的位置而已，退回十六年前，成為你不堪的回憶，像那些照片，只有看見時才會想起。」吳以恩嘆了一聲，說：「你已經不像從前那樣脆弱，要是再有一次機會回到十六年前，或許會有更好的方式解決那件事，但是來不及了……我是在你痛苦至極時出現的，時間如此公平，帶走美好也帶走了痛苦的感覺，所以我的存在本來就會隨著你變幸福而消失。」

「這是好事，你哭什麼？」吳以恩笑著，南思遠卻哭了。

「答應我一件事就好……」吳以恩繼續說著。

「好好愛她。」當最後一句話聲消失，那面鏡子緩緩覆上一層撥不開的霧，吳以恩的笑容逐漸淡去，只剩一片白。

白色的光刺眼使他從夢裡緩緩甦醒，下午的陽光在窗簾空隙中閃爍，他感受到眼角早已濕了又乾。

從今天開始他就要住進南董替他準備的病房，接受院方縝密的觀察和評估，終於……他的祕密就要公諸於世了，心中充滿忐忑，害怕自己殺父的真相會連累到其他人。

只是沒想到在醫生的診治下，吳以恩決定將殺人兇手的真相永遠掩埋，他的確對醫生說父親是「自己殺的」，原因是當時的自己選擇對父親「見死不救」。某種程度上也是一種真相吧，比較不殘酷的真相。

南思遠聽著吳以恩對醫生解釋的一字一句，為了讓他真正回到正常人的生活，否定一直以來堅持是對的「那件事」，讓那件事成為連自己都再也分不清真相的祕密。

然而，在他接受治療的同時，南董也私下約了魏冬瑤見面……

「今天見妳，只是想問妳一些事。」南董將手杖放在一旁，嚴肅地說：「我很感謝妳告訴我思遠已經回來，還有關於他的病情，我知道他對妳的心意，卻不知道妳是什麼想法……我就不迂迴了，聽說妳有一個孩子，是思遠的？」

「不是。」

「妳這麼老實，難道不想靠這個孩子拿到什麼名分？」

「南董，在說明這件事之前，我想先問你一個問題。」

「請說。」

「你收養南思遠……是把他當成替代品嗎？」魏冬瑤的語氣已經不像從前客套，反而多了一絲無懼的堅毅。

「我的家人沒有誰能替代，他絕非替代品。」

「那你為什麼收養他？」

「我的家人離開後，原本還有許多的愛想給予，卻只能去愛著有他們回憶的物品，我只想把多餘的愛給需要的人，他正是那個需要的人。」

「我兒子也一樣，是那個需要的人。」

「難道……他也是收養的？」

「我終於明白南董為何從不回應這個問題，因為在你心裡思遠就是你兒子。在我心裡那個孩子也是我兒子，但是收養這件事會讓外人先替你劃出一條界線，那條界線會傷害到他們。」

「……沒錯。」南董嘆了一聲，點點頭又說：「很少人明白我是什麼想法，難得妳明白，看來我是無須擔心妳對思遠會有什麼傷害，我不會過問妳兒子的來歷，如同我不曾過問思遠的過去，但是如果他介意，請妳務必告訴他真相，讓他決定是否接受。」

「我會的，謝謝董事長的理解。」

「妳客氣了。」南董重新拿起木杖，神態疲憊地說：「我還有事必須去公司一趟，思遠那邊就先勞煩妳照顧。」

「好，那我先走了。」魏冬瑤提起包包，行個禮便轉身離開。

站在街道仰望一片晴朗的天，她鬆了口氣似的揚起嘴角前進，但在去見他之前，她要先去接那個孩子，就像南董所言……是該把這孩子介紹給他了。

※

寬敞的單人病房裡，木質香氣覆蓋了醫院特有的氣味。

「小胤等下要跟哥哥說什麼？」魏冬瑤低頭問了身旁的孩子。

「泥好！」

「好乖！」魏冬瑤輕撫他Q彈稚嫩的臉頰，揚起溫柔的笑容。

推開門的瞬間，小胤睜大了眼張望，那位「哥哥」正在病床上看書，聽到開門的聲音才抬頭查看。

「要說什麼？」魏冬瑤推推羞澀的小胤。

「泥好！」小胤乖巧地鞠躬。

「泥好。」南思遠揚起嘴角，放下手邊的書，指著一旁沙發說：「那裡有準備送給你的玩具，快去看看。」雖然這麼說，這孩子卻沒有往前半步。

「去吧。」魏冬瑤推著他前進，他才敢探索這陌生的領域。

「他叫什麼名字？」南思遠好奇地問。

「魏天胤。」

「南天胤比較好聽。」南思遠淺淺笑著，望向正在拆玩具的孩子。

「……你不問他的來歷嗎？」

「他是妳的孩子吧？」

「嗯。」

「現在恐怕全世界都會認為他是我的孩子吧？」

「……可能是。」照孩子出生的時間點來算，的確是。

「那就是囉，有什麼好懷疑的。」南思遠直直看進她眼中，沒有一絲猶豫。

「難道你不想知道發生什麼事？」反而魏冬瑤更加困惑，她甚至都模擬過南思遠會問什麼問題。

「如果告訴我那些過去會讓妳感到難過，可以不用告訴我。」

「是不會讓我難過，可能……你會比較難過。」

「怎麼會？」

「因為……」魏冬瑤深吸一口氣才說：「在你不告而別之後我自責了一年，你下落不明，我覺得再也沒機會彌補遺憾，甚至猜想你已經死了，而那都是我害的……所以我想過不如結束生命來贖罪，猜想如果你沒死或許會因此回來吧，遺言都寫好了，到時候你就必須逼自己幸福。」

「這是什麼鬼話！」南思遠激動地喊，不遠處的小胤都往他看去。

魏冬瑤坐在床緣，安撫他悲憤的情緒，輕覆著他的手背，說起關於家族突如其來的悲劇，讓她決定相信只要活著都有轉機，當她親眼見證輕易結束的生命，才發現生死瞬間放棄太多的機會，短暫的一生再也沒有什麼能被改變。

「對不起……」南思遠看著她越是平淡述說那些難以想像的暗潮，就讓他越痛苦難受，原來他窩在老家陷入黑暗時，她也同樣不好過，他卻沒在那時陪她度過難熬的日子，如今後悔莫及卻不能重來。

「沒什麼好道歉的，人生有許多解不開的問題我們只能接受，我只是不希望那孩子跟你一樣，寄人籬下過著不安的日子。那時候找不到你，當下只覺得這是我唯一能對你做的補償。」即便如此說明，他依舊掩面無聲地流下愧疚的淚。

許久，他才平復情緒。

「以後我會用我的方式守護你們。」南思遠不捨的眼神也那麼令人心疼，明明此刻的他才最需要被守護。

「以後我們不說對不起了好嗎？也別再做讓我們會覺得對不起對方的事了。」魏冬瑤上前擁住他，讓他靠在自己的肩上：「謝謝你回來。」

「謝謝妳活著。」南思遠苦澀地說。

窗外的光，昏黃而溫暖，如同擁抱的溫度，讓白裡透冷的病房染出一片金，小胤獨自在沙發旁玩著手中的飛機，無所謂大人經歷過什麼風雨，彷彿繼承了他母親的天真，即便不是親生的，南思遠卻深信守護那雙眼裡的天真，是他接下來的任務。

「我多希望妳永遠學不會堅強，那代表妳一直是幸福的……沒想到我唯一做錯的，是離開妳身邊。」南思遠嘆息著。

「但是我不覺得這樣有什麼不好，天真的人才能學會堅強，因為他們天真地堅信所有難關都能被克服，不是嗎？」

「是嗎？」聽她這麼說，南思遠總算揚起一抹笑。

「至少……我堅信你會回來。」

「可是……」南思遠突然輕拍她的頭，微笑說：「我也即將離開……」

「……什麼意思？」魏冬瑤茫然地問。

「三年前他離開妳是為了帶我走，歸根究柢，錯都在我，是我害妳必須獨自面對那些鳥事，是我對不起……你們。」魏冬瑤明白了，那一抹笑是吳以恩才能辦到，她根本不相信南思遠笑得出來，儘管已經釋懷，想必南思遠依舊會惆悵很久很久。

「我從沒怪過你。」魏冬瑤輕握著他的手說。

「他也從沒怪過我……甚至說：『如果不是你，我也不會有今天。』這種話，真是太好笑了，還說謝謝我，害我不知道該不該走。」他無奈地笑著，甚至可以看出他強忍著淚水。

魏冬瑤一句話也答不上來，她不知道該不該挽留，猜想那是醫生要決定的事，想來想去只能問一些比較實際的問題……

「如果你走了，他會怎麼樣？」

「不會怎麼樣，就是和妳第一次見面的死樣子，嚴肅地看著美景，喝著自以為好喝的摩卡，不苟言笑地開會，皺眉的時刻比笑多，猶豫的時間特、別、長，因為顧慮的人特、別、多……」吳以恩數落著另一個他，彷彿在說一個他最了解的朋友。

「甚至連救妳都要思考會不會傷害到別人，他就是這樣的人。不像我不管那些，我只要我愛的人都好好的。」這種只屬於吳以恩任性的溫柔，誰會相信轉眼就成為殺害別人的武器，此刻連魏冬瑤也不敢相信。

「如果你不再為了你愛的人失控，或許……可以不用走。」魏冬瑤天真說著自認為兩全其美的對策。

「傻瓜，我都說我不負責管那些了，怎麼不失控？偷偷告訴你……他也是傻瓜，如果不是我，他不知道會沉默地愛妳多久。」吳以恩笑了開。

魏冬瑤聽他這麼一說，想起南思遠房裡那些默默實驗的企劃案和那些替她選購的日用品，的確如他所說，愛得十分沉默。

然而她此刻才知道那些告白時刻、令人心跳不已的話，都是吳以恩說的，她不知道自己愛上哪個人格了，只知道無論和誰分開都令人心痛……

「現在我的任務都完成了，接下來你們遇到的難題都有辦法自己應付了吧，況且我也累了……每當他需要我，就表示他遇到連理智都無法處理的危機，只有無理的我能替他處理，等於所有的罪都我在扛，我不想再出現了，就讓妳替我幫他度過那些危機吧。」吳以恩說得瀟灑，魏冬瑤卻止不住淚，只能聽著他繼續說著那些道別的話……

「捨不得也沒辦法……」

「沒有人能留住我。」

「就像沒有人能留住小時候一樣。」

「當他痊癒，我會成為回憶。」

「那也沒什麼不好，因為回憶不會失去……」吳以恩說完最後一句便緩緩閉上眼，嘴角揚著一抹無憾的笑。

在這之後，彷彿有什麼被硬生生剝離、蒸散了。

那顆心像蛻了一層皮，痛苦與新生同時矛盾著。

爾後，南思遠回來了。

帶著無比溫柔的眼神，安慰著跟他一樣痛苦的魏冬瑤。

往後的日子裡，南思遠陳述著那段「回憶」，讓醫生認為他「曾經」有過雙重人格，只花一個月的時間觀察就讓他回歸正常生活。

※

一開始很不習慣心裡沒有其他聲音在爭辯。

寂靜的，寂寞的，只能看著鏡子去思念，所幸他身邊多了另外兩個聲音，使他無暇顧及失去某部分的空虛。

南思遠除了多了一個未婚妻和兒子要照顧之外，休息半個月便得回到公司復職，令人意外的消息是，潤筠在他離開之後擔任代理總經理已經三年了。

還記得那時候南思遠突然消失，公司一片混亂，是潤筠熟悉總經理作風和流程才挽救許多頹境，因此受到董事長關注，任命她成為代理總經理。

只可惜，三年來她沒有任何越矩的決策，等於飛皇製藥三年來都保守經營，連帶當初的美妝品牌路西亞永恆之光也停滯在櫻之河系列，其他就只是定時促銷以及保證品質如一。

因為潤筠也一樣相信當年為公司費盡心力的南思遠，總有一天會回來。

當這天終於到來，南思遠一路走向自己的辦公室，發覺老員工們都還在，沒有太大的變動，時空彷彿為他靜止在三年前。

「歡迎總經理！」

「歡迎回歸！」

「等你好久了！」

「想死你了！」

眾人一言一語拍著手歡迎，雖說這場大病是祕密，但在媒體的猜測與追問之下，幾乎所有人都知道南思遠三年前為什麼會發生那件事，又為什麼終於崩潰離開。

慶幸的是這一切都過去了。

一如梅雨季過，就能迎接艷陽高照的夏日，是萬事萬物運行的定律。

「好久不見，總經理！」潤筠對他行禮，身上的套裝整齊，神情比從前更加堅毅幾分，微笑向他說出一個壞消息：「聽說以後我不能當你的秘書了。」

「真可惜，以後去哪找那麼完美的秘書。」南思遠淺笑著，他早就接到消息，未來潤筠要接任空缺已久的副總位置。

於是他少了一個得力助手，卻多了一個可靠的後盾替他分擔決策事務。

「魏小姐會是個不輸我的好秘書。」潤筠微妙地笑著。

這些年她雖然忙於工作，偶爾還是會跟魏冬瑤聯絡，關心她過得好不好之餘，也希望能藉由她打探到南思遠的下落，只是沒想到南思遠連魏冬瑤都不聯絡……

南思遠這次回來，除了南董，潤筠是第二人知情，她知情的當下想著：『要是公司能再回到過去那般榮景就好了！』心心念念盼著魏冬瑤回來繼續和她攜手合作，不只是她這麼希望，其他員工也十分期待這個好戰友回來。

「她還要照顧孩子，我再問問看。」南思遠心想：「過了這些年她還是當年聲稱熱衷工作大於維護家庭的那個女孩嗎？」此刻竟難以確定她會做出什麼選擇。

自從南思遠回歸的消息傳出，媒體就一連串報導他和魏冬瑤的過去，連帶小胤的身世之謎，也理所當然被拿出生時間去推測父子關係。沒有意外的，所有人都認為他們之所以復合，是因為有了孩子。

沒有人為此多做解釋，一如當初全世界都以為他們在一起一樣的無須解釋。

有人羨慕，有人忌妒，有人期待，有人不在乎。

齊寶哲此間得意了三年，當時垂死之際終於得到家人的愛，趕跑了南思遠也算是成功的苦肉計。南思遠消失了三年，大部分的人猜測他早已自我了結亦或遭遇不測，此刻看著他重回公司的新聞，第一個不安的就是齊寶哲。

「他怎麼還沒死……」齊寶哲看著新聞嘀咕。

「他當然要先讓你死，才甘願去死啊！」齊寶旋笑裡藏刀。

「……」齊寶哲吞了吞口水，當日的驚險歷歷在目。

「聽說他有病，現在不知道好了沒，你最好別再惹他，反正萬生現在也沒輸他們，荒廢三年要追上除非長翅膀了。」齊寶旋悠哉地看著新修的指甲，不屑那些當初看低她的人。

現在她可是小股神的老婆，每天沒做什麼事也有大筆鈔票進帳，不用再像從前為了跟哥哥競爭拉攏一堆臭男人，過得比誰都好命，自然不會忌妒別人的好？

或者也可以說，她太忌妒別人的好，才努力讓自己看起來很好命。

※

第一天上班回家，踏入玄關就能看見魏冬瑤在陪小胤玩，那一幕讓他愣了許久……不敢相信如此幸福的畫面會出現在自己的人生裡。

「回來啦！」魏冬瑤抬頭才看見牆上的時鐘，匆忙喊道：「啊……晚餐還沒準備。」

「葛格！」小胤抱著他的腿，歡迎他回家。

「應該叫把拔。」南思遠蹲下教他說：「把拔！」

「把把！」小胤天真地笑著，似乎尚未理解這些稱謂有什麼不同。

「不用煮了，我帶你們出去吃。」南思遠放下公事包，伸手制止正埋頭於冰箱找食材的魏冬瑤。

「當回總裁晚餐就吃五星級了？」

「別吃那麼貴，逛夜市如何？」

「好啊！」

走在夜市裡，南思遠總是抱著孩子陪他說話、問他要吃什麼，魏冬瑤反而傳承了嚴格的家訓，不准小胤亂吃東西。

為了怎麼養孩子而爭論，是南思遠從沒想像過的畫面，即便他主張寵孩子以彌補他命苦的童年，但最後還是妥協了……畢竟魏冬瑤擁有比他更健康的心。

「欸，幫我買一杯焦糖奶茶。」

「你不年輕了，還喝那種飲料，合成糖漿跟奶精粉有什麼好喝。」魏冬瑤碎念著。

「也沒有很老吧，而且我中午沒喝到焦糖瑪奇朵……」

魏冬瑤聽到這話抬頭盯著他幾秒，之後又若無其事地去買飲料。

有時候會覺得「他」是不是回來了？但是下一秒又會說服自己那只是錯覺。

「小胤啊，我是葛格，還是把拔？」看著魏冬瑤走遠，南思遠問了小胤。

「葛格！」南思遠聽見這個回應只是揚起嘴角，沒多說什麼。

回到家，哄小胤睡去之後……

「潤筠推薦妳當秘書，妳有意願嗎？」

「我……」魏冬瑤想了許久。

「也不勉強啦，如果妳真的很介意，我秘書就徵男的。」

「介意什麼？而且……徵男的也不能保證什麼吧！」魏冬瑤繼續思考了一會兒才說：「小胤差不多能上幼稚園了，這樣我就能去工作了。」

「妳的決定還跟當年一樣？」

「當然，我才不是那種會為家庭犧牲全部自我的舊時代偉大女性。」

「那好吧，等妳報到。」

「對了……聽說路西亞停擺三年沒有新系列了，你打算怎麼辦？收掉？」

「我看看喔……」南思遠伸出食指在她眼角摸了摸、看了看，端詳一陣才說：「看來該研發抗皺系列了。」

「最好是！」魏冬瑤忍不住音量大了點，想起小胤在睡覺，狠狠打了他一掌，低咒：「你才需要抗皺！」

「呵呵，那不然就設計一款兒童護理保養系列？」

「好像不錯。」

生活上有太多煩惱，他們的浪漫時常是無話不談的描述著未來，關於家庭、工作、人生，直到眼皮沉重……在最愛的人懷裡安心睡去。

生命裡的難題總需要遇到一個懂得解答與分享的人，有時候互相理解的浪漫更加令人沉醉其中。

※

時隔半年，路西亞新品發表會終於來臨。

「路西亞——無盡之夜」冬季新品一字排開，不如先前的永恆之光採取白色且成分純粹的品牌形象，這次是一罐罐深色入夜的紫色玻璃瓶裝。

來自總經理親自操刀的「無盡之夜」企劃，靈感來自深不可測的「夜」，卻能遮蔽缺陷、掩護一切。如果肌膚的傷害多半來自日光，夜就是負責修護的角色。

正如他的人生，曾因為「夜」遮蔽了缺陷、掩護著傷痛，如今才能重新站在人前，迎接日光的溫度，無須擔心受到傷害。

「感謝各位這段日子對我的關注，無盡之夜將推出防護功能保養品與化妝品，加強防曬與修護的部分，並且繼承永恆之光的品質，更上一層，所有包裝採深紫色強化玻璃，除了隔絕日光、防止變質，容器長期使用也不易見到汙損。」

「這一系列靈感來自我童年的回憶，黑暗從不可怕，當你想逃離這個世界，只有黑暗能暫時讓你躲藏，是那段時間給了我重新面對光的勇氣，希望各位在生活壓力之下，無須害怕陷入黑暗，真的陷入就讓自己好好休息一回吧，直到有勇氣面對光為止。」南思遠說完品牌理念，底下一片震耳掌聲。

不知何時開始，人們慣於譴責身在黑暗中的人不該脆弱，但是卻忘了沒有人不曾脆弱。就算是魏冬瑤這般天真樂觀的人，也曾想過了結生命。

發表會前一日，魏冬瑤桌上放著「無盡之夜」系列產品和一張卡片。

『親愛的瑤：

是我將妳帶入黑暗，卻是妳將我帶離黑暗。原諒我依然無法成為妳的光，卻想成為妳安穩的夜，包容妳所有疲憊，讓妳有勇氣面對每個明天。

愛妳的　遠』

那一夜，魏冬瑤看著熟悉的字跡，想起了向晚這個人，便問起一件事……

「向晚是即將邁入黑夜的意思？」魏冬瑤手裡握著那張卡片。

「不，是分不清自己想成為黑夜或白天，只好停留在向晚時分。」南思遠毫無猶豫地回答。

「所以……向晚最後選了黑夜還是白天？」

「向晚最後選了妳。」南思遠揚起嘴角，輕吻了她的眉心，抱著她安穩睡去。

自從吳以恩道別的那天起，南思遠不再區分誰是誰，終於算是個完整的人格，自由意識轉換的不再是「人格」而是「思考模式」，他熟練地變換兩種不同的思考模式去作出對自己、對他所愛的人最好的選擇。

蛻去斑駁而老舊的過去，發現真正能把人生過好並且帶給她幸福的人，是他倆之間缺一不可，於是……兩個爭辯不休的人格，終於有了進化的共識。

華燈初上，那短暫的向晚時分。

是日夜交替的過程，也是天空裡最美的平衡。

番外・爺爺泡的茶

婚禮的前一小時。

南思遠穿著白色燕尾服，端坐在魏爺爺面前下棋，兩個人嚴肅的程度不分上下。

「將軍！」魏爺爺驟然一喊。

「可惡！」南思遠無奈收手。

「哈哈。」魏爺爺的笑聲依舊中氣十足，為了參加孫女婚禮，還特地穿著他最愛的老軍服。

「想當年我結婚的時候，哪還有心思下棋啊……」魏爺爺整理了棋桌，開始泡起熱茶。

「怎麼沒心思？」南思遠好奇地問。

「我沒見過新娘子父母就訂了親，也不知道是蛇蠍女還是豬頭妹啊！」

「後來是蛇蠍女還是豬頭妹啊？」

「後來是長得像蛇蠍女的豬頭妹……世事難料啊。」

「長得像蛇蠍女的豬頭妹……」南思遠不禁想像那是什麼樣子。

「把拔！」六歲的小胤穿著同款燕尾服，梳著帥氣的髮型，不斷扯著他的袖子。

「怎麼了？」

「馬麻找你。」

「喔，那我先失陪了。」南思遠對待魏爺爺依舊恭恭敬敬。

來到新娘的房裡，落地窗透著白光，很襯那身法國訂製的蓬鬆白紗。

「怎麼了？」南思遠淺笑問她的新娘。

「你怎麼還有心情跟爺爺泡茶！小仲躲進白紗裡當帳篷玩扮家家酒了……」魏冬瑤無奈地把白紗撈起一角，就看見一歲半的男孩穿著燕尾服躲在裡面，拿著變形金剛和鋼鐵人玩下午茶遊戲。

「哈哈，真是調皮鬼，不知道跟誰學的。」南思遠將他抱了起來，坐在床上哄著他，無奈笑說：「要是你有一半像哥哥沉穩就好了。」

「不知道跟誰學的？這種大日子，他在我的婚紗裡玩下午茶遊戲，你在外面真的跟爺爺泡起茶，你還會不知道他跟誰學？」魏冬瑤穿著唯美白紗瞪著他。

「你看，馬麻好兇喔，泡茶而已嘛！走吧，我們去找曾祖泡真的下午茶！」南思遠起身往外走。

魏冬瑤望著他們的背影，無奈地搖頭笑了。

這個婚禮，有一半是為了爺爺辦的。

畢竟他老了，也不再那麼無堅不摧，先不管醫生宣判過什麼，只要他接下來的日子能過得幸福就好，然而……他說最大的幸福，就是看著子子孫孫過得幸福。

他所懷念卻不常見的親友們，都將因為這場婚禮齊聚一堂，這就是他們決定在此時辦婚禮的最大原因。

不然他們早在南思遠回來的那年就去公證結婚了，從此每天忙著公司和家庭，累積的小幸福早就超越一場婚禮能帶來的美好，直到小仲出生後他們更忙了，差點忘了還有婚禮要辦。

婚禮的意義是宣告自己選擇的幸福人生，他倆並不熱衷於對人宣告什麼，身為半個公眾人物，展現得越多，麻煩就越多，但是真正在乎他們的人，都在催促何時才能親眼見證幸福，好能親手給予祝福。

那就……來宣告吧！

這天，童以書的父母和弟弟也來到婚禮。

南思遠緊握他們的手，頻頻感謝他們對妹妹的照顧。

小仲出生以前，南思遠依舊認為童以書在那個家裡並沒有真正過得幸福，因為她弟弟才是父母親生的，他不禁認為父母總會偏心弟弟多一點。

當自己看著小胤和小仲，他才終於明白是自己想太多了，父母不會因為是不是親生的而有差別對待，卻會因為孩子的表現而有不同的教育方式，這很正常也是真正愛他們的方式。

至於以書是否能得到幸福，也不是他希望就能實現的。

幸福，要靠自己很努力、很努力地去追尋，並且伸手抓住才可能獲得。

當弦樂聲響起，新郎牽著新娘進場，掌聲持續了好久。

所有見證過他們心路歷程的人，有些羨慕、有些欣慰、有些不捨，更多的感動，是來自於相信他們今後依舊會繼續美好下去。

他說著誓言，那雙眼裡的寵溺從未改變；

她說著誓言，那天真靦腆的笑如今依舊。

「謝謝妳至今還沒後悔嫁給我。」

「不客氣，但以後就不一定了。」

「我這輩子都不會讓妳有機會後悔。」

「爺爺在看，你可要說到做到喔！」

「嗯。」南思遠輕輕點頭，淺淺微笑，俯身吻上她的唇作為約定的印記。

歡笑聲此起彼落，即便他們有心掩飾那份甜膩的愛，但所有人都看見婚禮進場前，那面全家福海報之下，印著一行字……

【人生中最美好的遺憾，是能牽著妳的手，在八十歲的時候，一起嘆息這輩子太短。】——南思遠

『好噁心！』魏冬瑤剛看見海報時蹙眉大喊，隨後回頭對他微笑說……

『但是我喜歡。』

—全文完—

後記

你先去看折口簡介，看我2015做了什麼。

看到了吧？這本作品就是2015年出現的。

那年是我簽駐站的隔年，其實我不知道自己能寫多久、寫多遠，也不清楚身邊有哪些人是要幫我還是害我，總之我對即將踏入的世界什麼都不懂，內心極度不安。

來到現在終於出第一本商業誌。

我很相信**時機成熟**這種事，重新看過這個故事之後，我發現早兩年讓作品面世也未必好，那時的我還沒辦法把內心的答案修改得完美。

這本書的出版，等於正式回應我兩年前的迷惘。

在我對未來感到徬徨掙扎時，內心有好幾種聲音在拉扯。人生短暫，該把時間花在哪對我而言很重要。

那段時間，我遇到幾位充滿愛、充滿熱情的魏冬瑤，讓我知道自己可以做什麼、應該做什麼，才讓我不知不覺走到現在。

感謝每位出現在我寫作生涯的編輯，謝謝阿南的發掘、瀅瀅的鼓勵、章敏的熱情，也感謝秀威齊安編對這本書的種種規劃，還耐心回答我一些天真的想法！

身為易羞奔的小邊緣，也特別感謝一路上願意跟我分享各種想法、不介意我一時腦熱搭訕的作家文友，讓我知道想繼續前進勢必經歷某些過程，我不是唯一的、也不是孤單的……我想說：「你們也是。」

期待往後的日子你們都能找到適合自己的出路，我由衷覺得這條路上，沒有所謂最好的，只有最適合自己的——沒有遺憾才是最好的。

最後要感謝支持至今的新舊讀者，我一直覺得寫作這件事是互利傳承。

我也曾經受到某些字句啟發療癒，為此寫下我內心的故事，更像是一種反饋。雖然表面上像是我需要讀者支持，但我更希望這些故事裡的某些字句，成為支持你們的小小力量，人就是需要這樣互相理解扶持才能好好活下去嘛！（抱）

還記得我投稿時跟編輯介紹這本作品時，我說：「深信當女人變得更好時，能遇見一個懂得珍惜的男人，便是新時代人們追求的美好愛情。」

這是我心目中的現代愛情童話。

沒有誰需要犧牲，在一起不再是為了成就一**個人**，以便依靠那個人。

「偶爾讓男主角有個聰明的女人依賴也不錯。」

這是我寫下**總裁養成**系列的初衷。

每個成功的男人背後，都有一個**成功的**女人。

為什麼兩個都是成功的？

因為我希望……

別再有一方把成功的責任獨自扛起，偶爾學會示弱，愛你的人才知道該如何給予幫助。

別再有一方覺得犧牲奉獻是必然的，偶爾堅持自我，愛你的人才知道該給你多少空間。

我想……這就是**愛**的正確使用方式吧。

—故事結束了，人生卻不會— from小心事2018

要青春25　PG1773

要有光
FIAT LUX

華燈初上

作　　者　小心事
責任編輯　喬齊安
圖文排版　周妤靜
封面設計　王嵩賀

出版策劃　要有光
發 行 人　宋政坤
法律顧問　毛國樑　律師
印製發行　秀威資訊科技股份有限公司
114台北市內湖區瑞光路76巷65號1樓
電話：+886-2-2796-3638　傳真：+886-2-2796-1377
http://www.showwe.com.tw
劃撥帳號　19563868　戶名：秀威資訊科技股份有限公司
讀者服務信箱：service@showwe.com.tw
展售門市　國家書店（松江門市）
104台北市中山區松江路209號1樓
電話：+886-2-2518-0207　傳真：+886-2-2518-0778
網路訂購　秀威網路書店：http://store.showwe.tw
國家網路書店：http://www.govbooks.com.tw
總 經 銷　聯合發行股份有限公司
231新北市新店區寶橋路235巷6弄6號4F
電話：+886-2-2917-8022　傳真：+886-2-2915-6275

出版日期　2018年2月　BOD一版
定　　價　250元

Printed in Taiwan

國家圖書館出版品預行編目

華燈初上 / 小心事著. -- 一版. -- 臺北市 : 要
有光, 2018.02
面 ;　公分. -- (要青春 ; 25)
BOD版
ISBN 978-986-95365-9-2(平裝)

857.7　　106024617

讀者回函卡

感謝您購買本書，為提升服務品質，請填妥以下資料，將讀者回函卡直接寄回或傳真本公司，收到您的寶貴意見後，我們會收藏記錄及檢討，謝謝！如您需要了解本公司最新出版書目、購書優惠或企劃活動，歡迎您上網查詢或下載相關資料：http:// www.showwe.com.tw

您購買的書名：＿＿＿＿＿＿＿＿＿＿＿＿＿＿＿＿＿＿＿＿＿＿＿＿

出生日期：＿＿＿＿年＿＿＿＿月＿＿＿＿日

學歷：□高中（含）以下　□大專　□研究所（含）以上

職業：□製造業　□金融業　□資訊業　□軍警　□傳播業　□自由業

□服務業　□公務員　□教職　□學生　□家管　□其它＿＿＿

購書地點：□網路書店　□實體書店　□書展　□郵購　□贈閱　□其他

您從何得知本書的消息？

□網路書店　□實體書店　□網路搜尋　□電子報　□書訊　□雜誌

□傳播媒體　□親友推薦　□網站推薦　□部落格　□其他＿＿＿＿＿

您對本書的評價：（請填代號　1.非常滿意　2.滿意　3.尚可　4.再改進）

封面設計＿＿　版面編排＿＿　內容＿＿　文／譯筆＿＿　價格＿＿

讀完書後您覺得：

□很有收穫　□有收穫　□收穫不多　□沒收穫

對我們的建議：＿＿＿＿＿＿＿＿＿＿＿＿＿＿＿＿＿＿＿＿＿＿＿＿

＿＿＿＿＿＿＿＿＿＿＿＿＿＿＿＿＿＿＿＿＿＿＿＿＿＿＿＿＿＿

＿＿＿＿＿＿＿＿＿＿＿＿＿＿＿＿＿＿＿＿＿＿＿＿＿＿＿＿＿＿

＿＿＿＿＿＿＿＿＿＿＿＿＿＿＿＿＿＿＿＿＿＿＿＿＿＿＿＿＿＿

請貼
郵票

11466
台北市內湖區瑞光路 76 巷 65 號 1 樓
秀威資訊科技股份有限公司 收
BOD 數位出版事業部

....

（請沿線對折寄回，謝謝！）

姓　　名：____________________　年齡：________　性別：□女　□男

郵遞區號：□□□□□

地　　址：____

聯絡電話：(日) ____________________ (夜) ____________________

E-mail：____